AUS DER ZEIT GEFALLEN

Buch 25   Thriller

Zum Buch.

Die unaufhaltbar verrinnende Zeit aufzuhalten,
zu überlisten, die tiefste Vergangenheit,
doch auch die fernste Zukunft zu erreichen,
ist was keiner vermutet, der quirligen Carla
und wenigen Auserwählten möglich,
seit sie das Zeitentor entdeckt haben.
Doch zu ihrem Grauen, muss Carla die zerstörte
Zukunft - die totale Apokalypse erleben.
Ist all das noch aufzuhalten?
Oder kümmert sie die ferne Zeit wenig.

Zur Autorin

In einem kleinen Ort in Sachsen – Anhalt,
nahe der ehemaligen Grenze zu Niedersachsen
in selbst gewählter Ruhe widmet sie sich nun
ausschließlich ihrem Hobby – dem Schreiben
utopischer Romane und Thriller.

Inhalt

Aus dem Inhalt.

Erschüttert sah ich die Reste der vergangenen
Zivilisation vorbeiziehen.
Kein Wesen, keine Vegetation belebte das Auge.
Um Himmelswillen, was geschieht hier?
Zu meinem Entsetzen erkannte ich,
das wir unaufhaltsam weiter und weiter
in die Zukunft glitten.
Schwebten wir in eine Zukunft,
die es noch gar nicht gab?
Oder wird dann auch unsere Mutter Erde
als toter Planet wie Mars, Mond und Venus
im unendlichen Universum treiben,
bis ans Ende der Zeit?

Kap. 1 Robby

Nach Millionen Jahren Einsamkeit, noch immer
in einem stählernen Roboterkörper gefangen.
So vegetierte Er – Robby genannt, in einer düsteren
Höhle.
Dort fungierte er als Zeitenlenker – wie etwa ein
Taxifahrer.
Doch er konnte viel mehr, denn er vermochte
die Zeitmauer zu durchbrechen.
Jedoch waren nur sehr wenige Erdlinge privilegiert,
mit ihm zu reisen, denn nur wenig Auserwählte
kannten den Code – waren somit imstande ihn,
wenn auch nur für kurze Zeit aus seiner Lethargie
zu erlösen.
So waren es nur seine engsten Vertrauten, die er mit
Wonne in andere Zeiten beamen konnte.
Nun indes war sein sehnlichster Wunsch,
wieder in einem menschlichen Körper zu leben,
verständlich.
Sein oberster Herrscher – vor langer – langer Zeit – ein
Außerirdischer aus seinem Volk den Leguren,
besaß die Kunst und Macht, seinen Geist in einen
starren Roboterkörper zu leiten und darin
zu verschließen.

All das erzählte Robby mir, als ersten
Menschen – erleichtert, dass es endlich jemanden gab,
dem er sein tragisches Schicksal mitteilen konnte.
Doch anstatt sein Leid zu bejammern, überspielte ich
die Dramatik – wollte keinesfalls sein Selbstmitleid
schüren, indem ich kopfwiegend und Augenzwinkernd
darauf reagierte.

„Also euer Oberindianer?" bemerkte ich scherzhaft,
nachdem er mir sein Martyrium erklärt hatte.
„Wie? – was ist ein Oberindianer?"
fragte er verständnislos.

„Nun ja, so etwas wie der Höllenfürst Satan persönlich.
So muss er ein wahres Monster gewesen sein,
wenn er dir deinen Körper nahm."
„Ach ich war so dumm, ich fühlte mich damals wie ein
Superheld, auserkoren für etwas Großes, Einmaliges,"
gestand Robby kleinmütig.
Dennoch besaß dieser Höllenfirst nicht die Allmacht
dem Tode auf ewig zu trotzen – in ewiger
Unsterblichkeit des Körpers.
Diese Gräueltat geschah, ehe Robbys Volk
auszusterben drohte und zu allem Übel bald darauf
sein Heimatgestirn für immer erlosch.

So sollte der menschliche Roboter hoffnungsvoll
auf dem vielversprechenden blauen Planeten,
auf dem noch ausgezeichnete Lebens und Vegetations
Bedingungen vermutet wurden, geschossen werden
und wenn möglich, vollbeladen mit intelligenten,
körperlichen Lebewesen – den Menschen, heimkehren.

Wahrhaftig landete Robby auf dem fernen
lebenssprudelnden, einmaligen blauen Planeten
- der Erde.

Das Raumschiff jedoch, welches sanft auf dem Wasser
landen sollte, erlitt eine Bruchlandung im Gebirge

und steckte seitdem hoch im Berge fest.
Dort versteinerte es im Laufe der Jahr Millionen,
wurde -Eins- mit dem Berge, in dem es feststeckte.
Zudem gab es derzeit noch gar keine Menschen.
Er war zu früh gekommen.

Seine Einsamkeit und die Sehnsucht – dem ständigen
Wunsch, wieder einen beweglichen warmen Körper
zu besitzen, war unerträglich.
Doch die Menschen, welche ihm, seinen Plan
umzusetzen, behilflich sein konnten, würden ihm erst
in viel späterer Zeit begegnen.
So waren es der findige Justin, ein Kerl der ständig
Action brauchte, ein moderner Daniel Düsentrieb,
ein ewiger Weltverbesserer, dem beinahe alles gelang,
außer die Liebe seiner angebeteten Herzdame
zu gewinnen.
Ebenso der edle Graf in seiner unerschütterlichen
Aufrichtigkeit, sowie die fesche, lebenssprühende
Carla, die stets anmutete, als wäre sie gerade einem
Märchen entsprungen, welche sehr bald Robbys
bevorzugten Gäste und Zeugen seiner Wunder waren,
die er vollbringen konnte.
Diese drei waren es insbesondere, die seine
Freundschaft gewannen.

Kap. 2 Menschwerdung

Endlich stand seine ersehnte Umwandlung,
wieder in ein menschliches Wesen zu schlüpfen,
in greifbarer Nähe.
Eine Umwandlung die Dank des hoch gelehrten Doktor
Graf von Elzen auch gelingen sollte.
Dennoch blieb er auch künftighin, in Wahrheit
ein Außerirdischer unter uns auf unserem Planeten.
Doch das irdische geregelte, ja geradezu
programmierte Leben auf unserem Planeten behagte
ihm auf Dauer gar nicht.
Immer musste irgendetwas nach Uhrzeit getan werden.
Ihm blieben keine Stunden mehr ganz einfach
nur zum Sinnen.
Gleichwohl versuchte er die schrecklichen vielen-
vielen tatenlosen, einsamen Jahrmillionen
zu ignorieren und aus seinem Gedächtnis zu streichen.
Sie zählten nicht – waren ein Fehler im System.
Noch ein schlimmerer Fehler machte sich immer mehr
bemerkbar.
Was ihn zusätzlich frustrierte.
Denn unglücklicherweise war sein Geist und somit
sein „Ich" bei der Menschwerdung in den hirnlosen

schwerstbehinderten Körper – eines geistlosen Leibes
gefahren.
Ein Zustand, der ihn deprimierte – niederdrückte,
ihn verzweifeln und schließlich hadern ließ.

Freilich konnte Robby seinen alten Job
trotz seiner nun körperlichen Verwandlung – allein
kraft seiner phänomenalen Willensstärke
und seiner Super Fähigkeit, alle Zeiten manipulieren
zu können, weiterhin ausüben.
So etwa 100 Lichtjahre an einem Tag zu überspringen,
über das Sonnensystem hinaus.
Ebenso konnte er in die fernste Vergangenheit,
wie: vor dem Urknall, so wie die fernste Zukunft,
so es dann kein Zeitenende geben sollte,
in dem endlosen Universum.

Egal welche Hülle mich umgibt, behalte ich ja immer
mein Superhirn, dachte Robby.
Gleichwohl jedoch würde sein derzeitiger verletzlicher
und vergänglicher Menschenkörper, samt Lunge, Leber,
Nieren mit dem lebensgebenden Herzen und Luftröhre
ausgestattet, unweigerlich versagen und vergehen
in der eisig – giftigen Atmosphäre des Alls.

So hatte er sich paradoxerweise doch letztendlich
für seinen alten stählernen, robusten unvergänglichen

Roboterkörper entschieden – seine Ritterrüstung,
wie er sie spaßhaft nannte.
Was er jedoch schon sehr bald wieder bitter bereuen
würde
Denn seine alte unglückliche, doch nie erwiderte
platonische Liebe zu der reizenden Carla, war in ihrer
ständigen Nähe wieder voll erglüht.
War es auch in den vielen Jahren seines Roboter
Daseins nur eine sinnliche Liebe, so glaubte er
jetzt in ihrer unmittelbaren Nähe verbrennen
zu müssen.
Es belebte und ergötzte ihn, stets in ihrer Nähe
sein zu dürfen.
Gleichsam jedoch genierte ihn sein plumper,
schlaksiger Körper mit dem flachen Idioten-Schädel
und den flapsigen unkontrollierbaren Bewegungen,
glaubte er bisweilen in stürmischer Verwirrung seinen
Verstand zu verlieren.

Kap. 3 Ein Mann ohne Schatten

Jetzt allerdings-wieder in seinem stählernen Körper,
war er zwar unvergänglich, ja sogar unsterblich,
doch nun war er kein Mann mehr,
da sein „Ich" ausschließlich aus seiner geistigen Seele
bestand.
Dennoch redete er sich ein: Was ist meine Umhüllung,
denn anderes als eine Ritterrüstung, während er sich
so zu trösten versuchte, grinste er unsicher
in Gedanken in sich hinein.
Doch er konnte sich seiner umhüllenden Rüstung
nicht so einfach entledigen, um ein echter Mann
zu sein.
Denn so bestände er ja nur aus seinem Geist - so wie
alle verstorbenen Erdlinge im Christenglauben
und konnte nichts mehr bewirken.
Außer, er schlüpfte in einen solchen
soeben verstorbenen, noch warmen menschlichen
Leib, vorzugsweise eines feschen Adonis,
eines sogenannten stattlichen Apollos, wie es in seinen
Augen – der Justin einer war.
Ach, stände der ihm zur Verfügung.
Ja so ein Kerl, so ein Hingucker wäre er selber gern.
Ein Typ, dem die Frauen verträumt – sinnend

nachschauen, selbst die schöne Carla erlag diesem
Supermann offensichtlich.

So sollte es ein geheimes lustvolles Schäferstündchen
nur – mit dem sinnlich erotischen Justin sein.
Als sie hitzig übereinander herfielen.
Mein Liebster würde es nie erfahren.
So intensiv aus nächster Nähe hatte Robby diese
beiden zum ersten Mal erlebt – sah „Es" aus greifbarer
Nähe.
Und zum ersten Mal packte ihn Empörung und ein
schmerzendes, nie geahntes Gefühl – die Eifersucht,
die ihn so plötzlich brutal überfiel,
ihn teuflisch marterte.
Angesichts der erotisch erregenden Spiele direkt vor
seinen Augen, die ihn wie Giftpfeile zerstörten,
wollten sein Hirn explodieren lassen,
trieben den stummen einsamen Hybriden
in den Wahnsinn, verwandelten ihn in eine
Horrorgestalt, so dass er total die Kontrolle über sich
verlor.
Im chaotischen Wirrwarr seiner Unrecht gefühlten,
brutalen Zurückgestoßenheit, hob er instinktiv
seine stählernen Zangenarme, um sie dem störenden
Rivalen mit aller Wucht und Kraft auf den Schädel zu

donnern.

Jetzt stand er ungläubig vor seiner irren Gräueltat.

Oh – oh, was habe ich getan, wie konnte ich nur

so tierisch ausrasten? schoss es ihm durch das Hirn.

Als er das Entsetzen in Carlas Augen sah, wusste er:

Das würde sie ihm nie verzeihen.

Aber er hatte doch nur „Sie" als Vertraute.

Freilich konnte er jetzt seine Untat nicht mehr

rückgängig machen.

Doch er konnte retten was noch zu retten ist – wenn

noch etwas zu retten war.

Vielmehr jedoch glaubte er, es käme jede Hilfe zu spät.

So würde er aus Reue und guten Willen,

den Leichnam freiwillig in die neue Zeit – in Justins Zeit

schaffen.

Somit musste er auch seinen Traum, in Justins

vollkommenen Körper umsiedeln zu können,

endgültig begraben.

Schade schade, es hat nicht sollen sein.

Seine Existenz im Stahlgehäuse würde ewig dauern,

war unendlich.

Irgendwann wird auch ihm das große Glück gelingen.

Im Gegenzug jedoch auch ein weltlich,

menschliches Ende bescheren.

Was solls, hatte er nicht lange genug Einsamkeit

und Langeweile ertragen?
Nun jedoch war es dringlich
und wichtiger sofort zu handeln, um seine einzige
traute Freundin – seine heimliche große Liebe nicht
auch noch zu verlieren.

„Ich wollte das nicht – nicht so," vermeinte ich,
ihn stammeln zu hören.
„Schweig du Monster, Ausgeburt der Hölle,"
zischte ich böse, doch ich mäßigte meinen Zorn
und fuhr versöhnlicher fort.
„Ich kann dir nur verzeihen, wenn du ihn unverzüglich
in seine Welt beförderst, so dass sein Volk
seinen Leichnam gebührend beerdigen kann."
Worauf ich ihn, trotz heftiger Gegenwehr packte
und auf seinen Platz hievte.
Dieses Mal jedoch zog ich die Schrauben,
die ihn mit seinem Modul verbanden, nicht sorgfältig
genug an, jene Schrauben welche ihn mit sämtlicher
Elektronik verbanden, so auch der Start
und die Verbindung mit der Unendlichkeit.

Meiner Schusseligkeit war es anzustreichen,
dass er sich in seinem unbändigen Zorn aus den
lockeren Schrauben hatte lösen können, um seinen
wahnsinnigen Morddrang, um den imaginären Rivalen

aus einem Reflex heraus, zu vernichten.

So war es Robby jetzt kaum möglich, seinen Pult mit
dem rechten Kurs akkurat zu bedienen.

Da ich seine Nähe nicht mehr ertragen konnte,
wandte ich mich um und verließ hektisch die Höhle.
Während Robby vergeblich versuchte die elektronische
Verbindung wieder herzustellen.

Doch die sensible Elektronik griff nicht und es gelang
ihm nicht sein Schiff wie gewohnt exakt wie immer
zu steuern.

Aber wo ist die Carla jetzt nur? Dachte Robby verwirrt.

Sie wird doch nicht schon wieder zwischen
den Welten – den Zeiten herumirren,
wenn sein Zeitenlift jetzt unkontrolliert in Bewegung
gerät.

Kap. 4 Der Fehltritt

Wie unwürdig, dieses wahnwitzige, triebgesteuerte
Gebaren aller Beteiligten.

Meine verfluchte Lust und Gier auf ein verbotenes
erotisches Spiel, ach es war doch nur immer ein Spiel,
mehr war es nicht, versuchte ich mich insgeheim
zu rechtfertigen.

Doch die Schuld wollte mich erdrücken.

Das erste Mal unserer lustvollen Begegnung
vor Wochen, war schon unverzeihlich.

Heute und jetzt jedoch war es schon dreist,
arg und im Nachhinein unverständlich.

Oh, wie ich mich dafür verachte und hasse.

Trotz meiner großen Liebe – die zwar ahnungsvoll,
dennoch treu ergeben Daheim auf mich wartet
und hofft.

Wie ich mich selbst – meine untreuen Verfehlungen
verfluche - nicht würdig bin meines großzügigen
Gatten.

Alles ist nur meine Schuld, dachte ich reumütig,
als ich in die Höhle zurückkehrte, atmete ich erleichtert
auf.

Der vermeintliche Leichnam Justins zu meinen Füßen
regte sich.

Er lebte also noch.

Oh je, was um alles in der Welt soll ich jetzt tun?

Er muss umgehend versorgt werden, wenn es noch
nicht zu spät ist und noch möglich, ihn am Leben
zu erhalten.

Ansonsten hätte ich, ohne zügig zu handeln,
den sicheren Tod meines Geliebten zu verantworten.

Meinem ersten Impuls folgend, wollte ich den schwer
verwundeten Justin, umgehend einem fähigen Doktor,
den ich kenne, also meinem liebsten Gatten
anvertrauen, auf das er ihn, wenn möglich noch retten,
verarzten, heilen und gesund pflegen möge.

Denn unter seinem hippokratischen Eid stehend,
seiner Güte und Sanftmut, hätte er nicht anders
handeln können.

Durch diese ungeheuerliche Farce jedoch,
hätte ich ihn verloren.

So wäre es nicht nur unmoralisch, verwerflich, sondern
geradezu unverschämt, meinem angetrauten Gatten,
meinen Liebhaber anzuvertrauen.

Zudem würde ich damit nicht nur unser auf gegenseitig
aufgebautes Vertrauen, unser basierendes
Lebensmotto, auf eine unhaltbare Probe stellen.

Doch würde ich es noch weniger ertragen, Günters
Zynismus und was noch kränkender wäre – seine
Verachtung zu spüren.

Nein, niemals könnte ich die Pein seiner Verachtung
ertragen.
Niemals werde ich diesen beschämenden Schritt
gehen.
Aber was nun?
Gleichwohl aber konnte ich Justin nicht seinem
Schicksal – seinem unweigerlichen Ende überlassen.

Tausend wirre Gedanken und Selbstvorwürfe rasten
durch meinen Kopf, als ich meine Hände
von der schmerzenden heißen Stirn
und den brennenden tränenblinden Augen nahm.
Ich musste handeln – jetzt!
Ich musste meine Feigheit überwinden.
Ein Schwindel erfasste mich.
Ich lehnte mich an die feuchte kühle Höhlenwand
und schloss die Augen.
„Oh lieber Gott hilf mir, was soll ich nur tun",
flehte ich und bemerkte, dass der Zeitentunnel
sich leise knarrend, langsam in Bewegung setzte
und mich durch einen plötzlichen Ruck beinahe
aus dem offenen Tor beförderte.
Meine Güte, was ist das denn jetzt für ein neues Spiel.
Er fährt doch sonst nur, wenn das Tor geschlossen ist.
Auch gut, jetzt kann ich den Übeltäter hinauswerfen,

wenn der Zeitenkanal ohne ihn funktioniert – ha, ha.
Ich muss mich sputen, sonst verpasse ich meine eigene
Zeit, folgerte ich unüberlegt.
So packte ich ihn spontan und schleuderte ihn durch
das offene Tor hinaus.

Kap. 5 Todesangst

Noch bevor Justin die Augen öffnete, trieb ihn die
Todesangst - auf allen Vieren kriechend,
instinktiv der drohenden Gefahr, die im Dunkel hinter
ihm lauerte, zu entfliehen.
Nur fort - fort von hier.
So wollte er sich in seiner Panik unter einem Busch
verkriechen und machte einen plumpen Satz.
Doch seine Füße fanden keinen Halt.
Laut rauschte es in seinen Ohren, bevor er das
Bewusstsein verlor.
Das endgültige Erwachen war sehr schmerzhaft für ihn.
Sein Schädel dröhnte und schmerzte, als hätte ihn ein
Beil getroffen und sein Haupt gespalten.
Oh, diese höllischen Schmerzen im Hinterkopf.
Automatisch griff er sich an den pochenden Hinterkopf.
Entsetzt zog er seine bluttriefenden Hände zurück.
So hat der hinterhältige Eisenkerl mich aus dem Weg
haben wollen und mein Hirn zu Brei geschlagen.
Bah – so schnell erschlägt man mich nicht
und mein Hirn funktioniert offensichtlich noch tadellos.
Die Waffen, die mich töten sollten, waren Robbys
stählerne Greifarme.
So ein Saukerl.
Mit Sicherheit wollte er ihn – Justin töten, um in seinen

Seelenlosen Körper zu schlüpfen und ihn als Hülle
für seinen eigenen Geist selber zu nutzen.

Wie undankbar von dem Verräter, wie oft hatte er
Justin, dem Gnom Trost gespendet und seinen
knorrigen, kalten Körper mit bestem Motorenöl
massiert, dachte Justin enttäuscht.

Eigentlich sollte er den Undankbaren jetzt vernichten,
einfach in einen tiefen, sumpfigen Tümpel werfen
oder seine komplizierte Struktur in Einzelteile zerlegen,
ha ha.

Welch ein Geck das wäre, spann Justin in seiner
verzerrten Darstellungssicht.

Aber er brauchte ihn ja noch, um in seine eigene Zeit,
in die Zukunft zu gelangen.

Carla war offenbar längst geflüchtet, nachdem sie ihn
nicht mehr in der Höhle gesehen hatte,
nur logisch – folgerte er.

Oh, diese höllischen Schmerzen im Schädel werden
unerträglich und rauben ihm die Sinne.

Verdammt – verflucht sei dieser hässliche Blechkasten.
Der wollte sein Hirn tatsächlich zu Brei schlagen,
um Es durch sein Eigenes zu ersetzen.

So würde dieser Himmelhund seinen athletischen Leib
übernehmen und fortan in Justins Körper stolzieren.
Das könnte ihm so passen.

Erschöpft setzte er sich auf und rieb sich die Augen.
Ach, sieh mal einer an, dort lag er, der Möchtegern
Mörder.
Verbeult und hilflos an einem Felsen zerschmettert.
So möge er dort verrotten, bis er zerfällt.
Doch wie gelange ich jetzt noch in meine Zeit?
So werde ich wohl selbst versuchen müssen
den Zeitenlift langsam, sehr langsam in Bewegung
zu bekommen.
Sodas ich, wenn ich recht aufmerksam bin,
meine Zeit nicht verpassen kann.
Was ihm nicht ganz so wie gewünscht, gelang.
Denn plötzlich wie in einem Spot, sah er
seine beiden Hausdiener blitzartig,
wie in einem viel zu schnell ablaufenden Film,
auf dem Bergplateau erscheinen.
Offenbar suchten sie nach dem längst Überfälligen.
„Jetzt" - das ist meine Zeit – meine Chance – los,
spring jetzt Junge, springe, sonst triffst du die nackte,
tote Zukunft, die noch nicht lebt.
Bevor er sprang, versuchte er den Zeitenhebel
anzuhalten.
Die Zeit lief ihm zu schnell davon, er fürchtete
„Sie" nicht einholen zu können.
Leider übte er zu viel Druck aus und die Zeit

lief schlagartig, wenn auch sehr langsam, ruckartig.
Während er in größter Panik mit zwei kraftvollen
Sätzen ins Freie sprang und mit letzter Kraft die
Zeitlücke erreichend, laut brüllend seine Diener,
auf sich aufmerksam machte.
Nun war er in guten Händen, denn sie würden,
wie all seine Untertanen, für ihren Patron alles tun.

Aber wo ist er, der - dem meine Gewissensbisse
und größten Sorgen galten?
Oh Robby, dieser verfluchte Roboter,
hat sich seiner lästigen Gegenwart mittlerweile längst
entledigt – hat ihn entsorgt, den bedauernswerten
sterbenden Zeitgenossen – hat ihn einfach
rausgeschmissen, zwischen den Zeiten – den Welten.

Alles war plötzlich anders.
Kann nicht doch noch alles gut werden?
Könnte Günters Vertrauen nicht allmählich sehr
zaghaft- irgendwann wieder erwachen und wachsen?
Ist da nicht etwas das stärker ist als Verdruss,
Enttäuschung und Eifersucht.
Ein anderes stärkeres Gefühl – stärker als alles andere,
eine mächtige Kraft, welche wie tief verschüttet,
nun zaghaft an die Oberfläche drängt.

Ein Gefühl stark wie kein anderes: Die Liebe.

Ja vielleicht später einmal.

Jetzt erdrückt mich die Scham.

Oh – je, welch ein Chaos habe ich geschaffen.

So werde ich nun wohl oder übel dieser fatalen
Groteske ein Ende bereiten und Justin folgen müssen,
drohte es zwingend in meinem Hirn – ich muss – oder
doch besser nicht?

Benommen trete ich aus der Höhle.

Ich weis nicht weiter, bin völlig leer – total verwirrt,
kann nicht mehr denken.

Die Last meiner Schuld macht mich konfus – lähmt
mich.

Meine Sinne schwinden, so wie das Zeitentor
hinter mir im Nichts verschwindet,
ich schwebe wie ein Geist – ich falle, der Schlag
wird mich treffen – mich erlösen von all den irdischen
Verfehlungen und Leiden.

Ich schwebe im Raum im Nichts.

Das Tor zum Leben ist mir für immer verschlossen.

Ich versinke in die Ewigkeit – stürze in unendliche
Tiefen.

Kap. 6 Günter

Mit den dynamisch, forschen Schritten eines
durchtrainierten Athleten, immer noch schwungvoll
drahtig, die schlohweiße Mähne - Lügen strafend.
Immer noch, nach all den Jahren, überkam ihn täglich,
wie einen Schulbuben eine irre Freude,
wenn er durch das Portal trat, die Halle mit langen
Schritten durchmaß.
Gleich würde er sie sehen – seine zauberhafte Liebste,
ihr liebliches Lächeln, das nur ihn traf, empfangen.
Sie hatte wie immer auf ihn gewartet.
Meist kam sie ihm entgegengelaufen.
Er öffnete die Arme weit.
Sie flogen einander entgegen.
Er fängt sie auf, hält sie ganz fest in den Armen
und dreht sich glücklich lachend mit ihr im Kreise.
Alles ist gut.
Nun ja nicht immer. Gelegentlich war sie auch in ihre
Malerei oder in eine knifflige Näharbeit vertieft – hatte
die Zeit vergessen.
In letzter Zeit allerdings war sie schon einmal
abwesend, als er kam.
Doch damals traf sie verspätet und verdächtig
abwesend, irre faselnd, wieder heim.
Was einen gewissen Verdacht und das Misstrauen

in ihm weckte – ihm einen schmerzhaften Dolchstich
in das Herz verpasste.

Schon in der Lounge kam sie ihm, auch nach sechs
oder sieben Jahren, noch immer strahlend entgegen.
Mit einem Lächeln, welches das Herz erwärmte
und jung hielt.

Außer heute.

Sogleich senkte sich ein düsterer Schatten auf sein
Gemüt.

Ein ungutes Gefühl überkam ihn.

Denn noch immer plagte ihn in bohrenden
Albträumen, dieses peinigende, schreckliche Gefühl
des verlassenseins.

Gleichwohl konnte sie durch alle möglichen Umstände
aufgehalten worden sein, beruhigte er sich,
bevor er weiter ging.

Er lief durch die Diele und ebenso durch
die dazugehörigen restlichen Zimmer.

Doch auch die behagliche Stube war leer.

Möglicherweise ist sie in der Küche oder im Weinkeller
aufgehalten worden.

Beunruhigt befragte er das Gesinde.

Er ging, nein er lief den Pfad zum Kräutergarten.

Vermutlich hat sie sich dort vertrödelt.

Ach, wie dumm von ihm, dort waren ja jetzt die

Hühner. Nun ja – auch dort konnte sie sich vertrödelt haben, zudem wurde es ja schon dunkel.
Seine Unruhe und Furcht wuchs, stieg ins Unermessliche.
Verdammt, warum kommt sie nicht heim, wenn es bald dunkel wird? Ist sie womöglich…?
Oh nein, bitte nicht in den Zeitenkanal, nur das nicht, das konnte schlimmes bedeuten.
Oder sollte sie ihn mal wieder verlassen haben?
Aber warum?
Ohne Vorwarnung, das passt nicht zu ihr.
Bohrende Sorgen und eine böse Vorahnung trieben ihn, nun selbst das Bergplateau aufzusuchen.
Etwas fürchterliches könnte geschehen sein.
Womöglich ist sie gestürzt im Berghang und liegt mit zerschmetterten Gliedern auf einem Felsen oder in einer Schlucht.
Oh Gott, ich muss ihr helfen, sie retten.
Doch wozu muss sie auf den Berg, wozu sucht sie den Zeitenkanal auf?
Das ist kein gutes Zeichen, schlimmste Befürchtungen peinigten ihn.

Kap. 7 Der Landgraf

War einst das Landvolk dem Grafenhof untertan,
kaum anders als Leibeigene – schufteten als Knechte,
Mägde, Baumeister sowie Feldarbeiter und besaßen
am Ende nichts, hatten niemals Eigentum,
noch je etwas über.
Denn Haus, Hof und Land, waren es auch nur armselige
Katen, so gehörten sie dem Grafen.
So auch noch vor 200 Jahren.
War auch seit dem zweiten Weltkrieg
die uneingeschränkte Macht des Grafen nichtig,
so blieb dennoch Respekt, Achtung und Neugierde
der Dörfler, uneingeschränkt.
Bis heute oblag es dem Oberhaupt der Gemeinde,
bei öffentlich festlichen Anlässen,
wie Gebäudeeinweihungen, vielerlei Veranstaltungen
mit einer kurzen Rede, freies Geleit zu geben,
ferner durch Anwesenheit zu glänzen.
Denn freilich hatte der Graf seine zauberhafte Gattin
stets schmückend an seiner Seite.
Auch in der heutigen, der modernen Zeit
wurde noch genauso wie vor 700 Jahren,
jedes Ereignis - jede Veränderung von den Anwohnern
registriert und keine Anwesenheit der Blaublüter
versäumt.

Wobei deren Auftritt, wie der von Film
oder Pop - Idolen bejubelt und beklatscht wurde.

Keuchend hetzte der Graf den Hang hinauf.
Das Höhlentor stand offen, von Carla jedoch
war keine Spur.
Aber was ist das für ein merkwürdiges Geräusch?
Es surrte wie in einem alten Fahrstuhl,
als würde er in eine andere Zeit rattern, wenn auch
ungewöhnlich langsam.
Das geschah, obgleich zunächst kein Robby zu sehen
war, wie ist das möglich?
Dann gewahrte er den zerbeulten Roboter
auf dem Felsboden, zappelnd, wie er verzweifelt
versuchte, seinen Pult zu erreichen und zu bedienen.
„Was ist hier vorgefallen? Was hast du Scheusal
meiner Liebsten angetan?" herrschte er den verstörten
Roboter an.
„Wo hast du sie dieses Mal hin verfrachtet,
du Monster," ergänzte er, den Roboter wütend
schüttelnd.
„Hol sie auf der Stelle zurück," brüllte er außer sich.
Doch er registrierte, dass die Zeit ohne Robbys Zutun,
weiterlief.

„Oh du nutzloser Weltraumschrott," wütete er,
packte den Roboter und warf ihn mit Schwung
aus der Höhle.
Als er zu seinem Entsetzen, die Zeiten sich ändern sah.
Oh je, in welche Zeit würde es ihn bringen,
wenn er nicht umgehend den Zeitentunnel verließ?
Er wollte in keine andere Zeit.
Doch zu seinem Grauen, schien seine Zeit
zu entschwinden.
Bei Gott, er musste sie noch erreichen, denn hier
war sein Leben.
Mit einem kühnen akrobatischen Sprung
seines durchtrainierten Körpers und der langen Beine,
gelang es ihm noch in letzter Sekunde einen Ast des
entschwindenden Hanges der entgleitenden Zeitenwelt
zu ergreifen.
Der Ast jedoch war morsch – brach ab und der Graf
Günter stürzte in die Tiefe.
Zum Glück im Unglück hatte er noch seine Zeit erreicht,
während dessen die Zeitenhöhle stetig weiter
in die Vergangenheit rollte.

Drei Tage später, fand sein auf ewig treuer besorgter
Diener Jonny den leblosen Körper.
Der, jedoch war nicht tot, wenn auch dem Tode näher
als dem Leben.

Lange Zeit steckte der Graf im Koma fest,
welches über viele Monate dauern sollte.
Nur ganz allmählich fand er wieder ins Leben zurück.
Doch die Erinnerung wollte nicht funktionieren - wollte
sich nicht wieder einstellen.

Fotos von Carla in jedem Raum, insbesondere
ihre persönlichen Dinge, ferner ein Schrank
voll ihrer Kleidung, irritierten ihn , quälten ihn
bis zum Wahnsinn.
Doch trotz alledem fehlte sie in seinem
Erinnerungsvermögen.
Obgleich es da etwas Düsteres, wie ein nicht
zu ersetzendes Verlustgefühl gab, welches
zu füllen, sein einziges Sehnen war.
Er vermisste sie so sehr.

Stundenlang ließ er sich von seinem Diener
von ihr erzählen und vermisste sie täglich mehr.
Doch so konnte er sich versponnen, alles noch
fehlende, Lebendige zusammenreimen.

So viele Jahre waren vergangen, doch sie kam nicht.
Jonny wusste nichts mehr von ihr zu erzählen.
Sie kam nicht.

„Aber hat sie mich nicht in den vorigen Leben
immer und immer wieder verlassen?" nervte er den
alten, allmählich vergesslichen Diener,
der ja alles Geschehen wissen müsste.
So viele Nächte belebten ihn ständig die gleichen
Träume.
Träume so echt, dass sie ihm als Wachträume den
lieben langen Tag begleiteten, ja geradezu verfolgten
und ihn sie weiterspinnen ließen.
Er sah sie, als wäre sie bei ihm, kannte jeden
Zentimeter von ihren Fotos.
In seiner Fantasie war sie ein göttlich – feenhaftes
Wesen, das einem Mann den Atem stocken ließ.
Er hörte sie gurrend lachen – registrierte entzückt
ihr lautes Staunen über alles, was er wusste und tat,
gleichwohl erlebte er auch ihre wilden
Zornesausbrüche und danach die zärtliche Versöhnung.
Er spürte geradezu ihre elektrisierenden Umarmungen,
die ihn wie Blitzströme durchpulsten.
Oft wachte er schweißgebadet auf. Manchmal jedoch
träumte er weiter.

Sie kam ihm lächelnd entgegengelaufen, oder sie
lachte glucksend.
Sie streckte ihm glückstrahlend die Arme entgegen.
Er spürte ihre heißen Hände durch sein dünnes Hemd,

erlebte einen Moment Glück pur.

Sein Puls raste. Als er im nächsten Moment erwachte, war er allein.

Doch es gab sie wirklich irgendwo, gesehen jedoch, hatte er diese Traumfrau hier noch nie.

Er würde sie sogleich erkennen – würde ihre engelhafte, anmutige Gestalt, sowie das bezaubernde Lächeln unter tausenden Frauen erkennen, wenn er sie plötzlich in der Menschenmenge sehe.

Er wusste ja sicher, dass es sie gab.

Denn unzählige Dinge zeugten von ihr, wie die Fotos.

Ferner die kunstvollen Gemälde von Künstlerhand, sowie der Zierrat – der weiblichen Hand und nicht zuletzt ihre selbstgefertigten Roben im Schrank, einmalige Unikate.

So vergingen trostlose, vertane Jahre.

Längst war sein Haar schlohweiß, im Kontrast zu seiner wachen ausdrucksstarken Ausstrahlung – seinem dynamisch jugendlichen Gang.

War er in ein Traumgebilde verliebt, warum kam sie nicht zu ihm zurück, wenn es sie noch gab?

In seinem gesellschaftlichen Umgang

mangelte es keineswegs an hübschen Frauen.
Doch keine der oftmals recht anhänglichen Damen,
ertrug er länger als ein paar Tage.
Die meisten durften gar nur eine Nacht das Kopfkissen
mit ihm teilen.
Keine war so perfekt anziehend und aufregend
wie seine Traumfrau.
All seine Bettwärmer langweilten oder nervten ihn
schnell – waren ihm zu oberflächlich oder ungebildet.
In seinem Unbill oder seiner steten Unzufriedenheit,
war er oft recht zynisch – ja beleidigend
den Damen gegenüber.
Auch darf man nicht vergessen, dass der Graf Günter
überwiegend in den höheren Kreisen,
den oberen Zehntausend, wie man so sagt,
dem berühmt - berüchtigten Jet Set verkehrte.
Viele der aufgetakelten Schönchen, die unter den
künstlichen Wimpern – der dicken Schminke reizloser
waren als manche natürlichen Dorftrampel.

So war er bisweilen nicht nur recht einsam, sondern
recht unleidlich und in sich gekehrt.
Er verzichtete mehr und mehr auf diverse Bälle
und allen anfallenden Festlichkeiten,

ohne die repräsentative Herzensdame an seiner Seite.
So wurde er depressiv und missmutig.
Oft saß er stundenlang in dem behaglichen runden
Turmzimmer, in welchem noch immer
ihre alte Nähmaschine und die Staffelei
mit dem unvollendeten Bildnis stand.
Was hatte sie sich nur dabei gedacht, als sie dieses
beeindruckende Bildnis schuf?
Die lebensechte Figur eines wilden brutalen
Räuberhauptmannes oder Heerführer
einer mörderischen Bande – was ihn
bei der Betrachtung frösteln ließ.
Bisweilen schien ihm, als kämen ihm diese spöttisch
verächtlichen Gesichtszüge bekannt vor,
als würde ihm dieser Zynismus gelten.

Oft saß er dort, bis Sonnenuntergang und musterte
das unvollendete Gemälde.

Hauptsächlich jedoch suchte er jenen besonderen Ort,
das beeindruckende Turmgemach auf,
aus welchem er in alle Himmelsrichtungen
blicken konnte.

So beobachtete er mit Vorliebe die Wildenten
und Adler bei ihrer Jungenaufzucht, hinter dem See.

Nicht weit davon entfernt, hatte er einen Fuchsbau
mit etlichen munteren Welpen entdeckt.

Am Dorfausgang vor dem parkähnlichen Schlossgarten
hatte er schon vor längerer Zeit, für den müden
Wanderer eine Ruhebank aufstellen lassen.
Welche allerdings vorwiegend von Liebespärchen
genutzt und belagert wurde.
Heute jedoch sah er – oder war es eine
Sinnestäuschung?

Kap. 8 Der tiefe Fall

Ich falle und falle – schwebe im Nichts.
Ich versinke in der Ewigkeit – stürze in unendliche
Tiefen.
Immer und immer wieder durchlebe ich dieses
grausame, unerklärliche Mysterium.
Ein erschütternder Schrei der kein Ende zu nehmen
schien.
Ein Schrei, der nur allmählich leiser wurde,
bevor er schließlich erstarb.
Aber war das nicht meine eigene Stimme?
„Nein - oh Gott nein," brüllte ich voller Entsetzen.

„So wach doch endlich auf, Maa,
öffne deine Augen, sieh mich an, steig aus diesen irren
Alpträumen.
Sieh die Wirklichkeit, willst du nicht wieder
friedlich – bodenständig leben – selber essen
und trinken?
Du bist so entsetzlich dünn, bist schon fast
durchsichtig!
Schluss jetzt mit dieser verdammten Träumerei.
Vermutlich schwebst du durch alle Zeiten wie mir
scheint – so wie der Geist eines Toten, du aber bist
nicht tot.

So steh endlich auf und lebe!
Was magst du nur geträumt – dir alles zusammen
gereimt haben die ganze lange Zeit!
Wach endlich auf!!!"
Die Stimme wurde immer lauter, verdächtig nahe dem
hysterischen Ausbruch in Tränengeheul.
„Mein Gott, du brauchst doch nur aufwachen.
Was auch immer Grauenvolles dich verfolgt – dich
quält oder zu Tode hetzt und foltert."
Die Augen bewegen sich heftig hinter den Lidern.
Die Finger streichen unruhig über die dünne Bettdecke.

Oberschwester Gloria hatte ihren freien Tag.
Die letzte Injektions Ampulle war der Aushilfsschwester
auf den Boden gefallen und ausgelaufen.
So hat sie jene durch ein Placebo ersetzt, was keiner
wusste.

Kap. 9 Angekommen

Es ist warm, weich und hell.

Ich schwebe nicht mehr zwischen eisigen schroffen
Steinwelten.

Ich lebe also noch – ich bin.

Ich wage es, die Augen zu öffnen. Erst gelingt es mir
nur einen Spalt weit – nur ein Blinzeln.

Dann treibt mich die Neugierde.

Die dunklen Schatten schwinden,

formen schemenhafte Gestalten, die sich zu einer
Person vereint.

Ich bin also nicht allein in dem warmen behaglichen
Raum.

Eine Frau beugt sich in ungläubigem Staunen
über mich.

Ein Lächeln breitet sich in ihrem Gesicht aus,
worauf ein Jubelschrei ertönt.

Ich kenne sie gut, doch woher nur?

Wer bist du gute Fee.

Oh mein Gott, ich habe es vergessen, dachte ich
erschüttert.

Ach, es würde mir sicher gleich einfallen.

Nun wollte ich spontan aufspringen,

doch meine Arme waren nicht frei, etwas hielt mich
fest – hinderte mich.

„Was ist das hier für ein Gewirr?" rief ich entsetzt.
„Bin ich hier in einem Dracula – Versuchslabor
gefesselt? So befreie mich auf der Stelle.
Reiß die ganzen Schläuche und Drähte heraus,"
rief ich, einer Panik nahe und ergänzte ungeduldig,
„ach lass nur, ich werde es selber machen."
„Halt, das darfst du nicht,
wir müssen erst den Doktor rufen oder auf die
Oberschwester warten," erregte sich
meine Pflegerin.
„Unsinn, was soll dieser ganze Firlefanz.
Ich benötige keine Beatmungsgeräte, keinerlei
Antriebsmaschinen, schon gar nicht eine Magensonde,
noch irgendeinen anderen künstlichen Tropf,"
entgegnete ich, hitzig den Kopf schüttelnd.
Während ich mich von jeglichem Ballast befreite,
musste ich noch eine Ungereimtheit erfahren.
„Aber wieso bin ich jetzt hier in dieser Region?"
fragte ich verwirrt, nach einem Blick
aus dem Fenster.
Ich vermisste die hohen Berge um uns herum,
die schroffen Bergspitzen und ganz besonders
die Höhle.
Freilich war auch hier eine hügelige Landschaft,
doch viel sanfter als das Riesengebirge.

Ich setzte mich auf, schob die Beine
unter der Decke hervor und schickte mich an, aus dem
Bett zu springen.
Ein jäher Schwindel erfasste mich augenblicklich
und warf mich zurück auf das Kissen.
Ich keuchte vor Wut und Enttäuschung über mein
Versagen.
„Aber aber, so geht das nicht," rügte mich die gute Fee,
die mein Tun mit Unmut verfolgte.
„Du bist schon sehr, sehr lange hier," fuhr sie geduldig
fort, um zu ergänzen.
„Du kannst jetzt nicht so einfach aufstehen
und davonlaufen, dein Kreislauf schafft das nicht,"
rügte sie mich, bedenklich den Kopf wiegend.
„Du meinst also ich bin hier, seit ich damals
verschwunden bin aus dieser gruseligen Höhle – dem
Zeitenkanal?"
„Nein nein – natürlich nicht, denn du bist ja gar nicht
verschwunden, sonst wärst du ja auch nicht hier.
Vor Jahren hattest du einen Unfall im Riesengebirge
auf der nördlichen Seite.
Keiner weis, was du dort suchtest.
Nun sag endlich und ehrlich. Was hattest du dort
nur verloren?
Doch auch vorher warst du schon eine halbe Ewigkeit

verschollen. Sieh nur, wie lange du mich nicht gesehen
hast, denn mittlerweile bin ich alt geworden,
mein Haar ist grau, du jedoch erscheinst mir
kaum älter geworden als damals.
Vermutlich hat der lange Schlaf dich jung gehalten.
Damals bist du abgestürzt, man hat dich dort
leblos gefunden.
Eine angebliche Freundin, eine Krankenschwester
oder gar eine Ärztin brachte dich hier her,
in diese Klinik am Harz.
Seitdem jedoch liegst du unerklärlicherweise
im Koma.
Die Ärzte sagten, dein Hirn arbeitet längst wieder
normal.
Daraufhin wurdest du von jener jungen resoluten
Ärztin in ihre Privatklinik überführt.
Wir konnten nichts dagegen tun, gleichwohl ist es allen
ein Rätsel, dass du nicht eher erwacht bist!
Ein Neurologe meinte gar, also er äußerte die
Vermutung, du weigerst dich im tiefsten Inneren,
in die reale – in diese unsere Welt zurückzukommen.
Das jedoch verstehe ich nicht, was kann schöner
in deiner Irrealen Traumwelt sein.
Ist es denn hier und heute
gar so unerträglich?"

Ach, was soll ich viel reden, es versteht ja doch keiner,
wenn ich jetzt sage , wie alles wirklich war,
dachte ich und überging die banale Frage,
indem ich wie unwissend die Schultern zuckte
und nach einer Schweigepause
das Thema wechselte.
Doch meine Gedanken rasten weiter.
So bin ich möglicherweise, ja eher mit Sicherheit
aus der Zeit gefallen, wie schon einmal.
Doch zum Glück bin ich nicht wie damals - zwischen
den Welten gelandet.
Allerdings muss ich wohl aus großer Höhe
abgestürzt sein.
Aber – überlegte ich weiter, hoffentlich ist nicht auch
der Justin von dort aus in die Tiefe gestürzt
oder womöglich gar zwischen die Welten,
die Zeiten geraten.
Mein Gott, wie konnte das alles nur geschehen?
Woher hat ein abgetakelter Roboter plötzlich solch
eine unglaubliche Kraft?
Denn offenbar hat er den Justin eigenhändig
erschlagen und zu allem Übel
auch noch in die Zwischenwelt befördert,
überlegte ich mit geschlossenen Augen.
Doch ich musste mich nun dem Hier und Jetzt stellen.

Ich hob den Kopf und riss verwundert die Augen auf,
nachdem ich mich im Schrankspiegel
gesehen hatte.
„Oh, ich staune sehr, mein Zopf ist noch dran,
war es nicht lästig „Ihn" über die Jahre,
all die lange Zeit immer wieder neu zu flechten?"
„Nun ja, es war oft schon recht lästig,
doch ich habe ihn nur zweimal wöchentlich
neu gekämmt und geflochten.
So hatte ich meine festen Tage dich zu besuchen.
Zudem dachte ich, dein Prachthaar
gehört einfach zu dir.
Dir dein Feen Haar zu verstümmeln, glich einer
Freveltat an der Natur.
Meine Güte, noch nie habe ich anderswo,
solch leuchtendes, langes Engelshaar gesehen,"
rief sie leidenschaftlich aus.
Was mich zutiefst rührte und zu einem spontanen
Küsschen auf ihre Stirn veranlasste.
Oh wie recht du gehandelt hast, schließlich hat es mich
600 Jahre begleitet – hat offenbar einen gewissen
mystischen Hauch - hat somit ein zauberumwobenes
Wesen aus mir gemacht," ging mir plötzlich auf.
Dennoch habe ich so viel Kummer, Leid und Elend
ertragen müssen, das ich selten oder kaum

je einen Gedanken daran verlor.
Doch ich entgegnete gespielt – gleichgültig,
„Dafür danke ich dir, ich weis es zu schätzen.
Doch jetzt ernsthaft.
Hier kann und will ich keine Minute länger bleiben,
alles hier ist unecht.
Zudem ist diese Zeit hier nicht mehr meine Zeit – ist
nicht meine Welt.
Nichts könnte mich hier reizen und halten.
Nun ja, ausgenommen ihr – meine erwachsenen
Kinder, gleichwohl seit ihr mir fremd geworden – habt
euer eigenes Leben, braucht mich nicht.
Zudem gibt es, so mir bekannt ist, auch keine Enkel
für mich zum hätscheln und Liebhaben, oder?
So werde ich baldigst wieder gehen,
denn ich weis ja wohin – ich weis ja wo das Zeitentor
ist!"

„Aber es gibt kein Zeitentor, das hast du dir nur
erträumt, auch gibt es keinen Grafen von Elzen,
noch weniger ein Schlösschen vor dem See,
den du beschrieben hast und all das mystische
Geschehen um dich," brauste sie,
hitzig auf.
„Wie? - Was sagst du da,
wie kannst du so etwas ungeheuerliches behaupten

und alles infrage stellen, was du gar nicht weist,"
herrschte ich, allmählich die Geduld verlierend.
„Ja ich weis so manches, du hast so viel gesprochen
im Schlaf.
Doch vielmehr glaube ich: Alles war nur geträumt,"
betonte sie wichtigtuerisch nickend.
„Ach, was weis du denn schon.
So wahr ich hier sitze, bin ich mir sicher,
das alles erlebt zu haben.
So weis ich genau wo die Höhle mit dem Zeitenlenker
ist.
Ebenso weis ich wo ich den liebenswerten,
wunderbarsten Mann auf Erden, den Grafen - Doktor
finden kann," rief ich leidenschaftlich,
doch mit brüchiger Stimme.
Und wenn tatsächlich alles nur ein Traum war,
dachte ich einen winzigen Moment.
Hach – ich werde ihn suchen und auch finden,
war ich mir sicher.
Das jedoch sagte ich natürlich nicht, stattdessen
sagte ich, im Ton schwankend, halbkichernd,
doch mit Tränen in den Augen.
„Ich habe mich nun genug ausgeruht.
So helf mir jetzt auf die Füße Schätzchen.
Womöglich muss ich erst wieder laufen lernen – bin

eingerostet – ha, ha.

Doch wenn ich erst einmal am Laufen bin,

kann mich keiner mehr aufhalten," witzelte ich

grinsend, um noch zu ergänzen, :wie ist es Mädel,

willst du nicht mitkommen in die andere – die Para

Welt?"

Freilich wartete ich nicht wirklich auf eine ernsthafte

Antwort, nachdem ich so viel Unverständnis

und Unmut in ihrer Miene gelesen hatte.

Dennoch war ich mir sicher, sie wispern zu hören.

„Ja ja, natürlich gibt es dort auch Zauberer,

Hexen, Kobolde und Feen,"

murmelte sie mitleidig lächelnd.

Ich zuckte beleidigt zusammen, doch tat ich,

als hätte ich die Verhöhnung nicht herausgehört

und spöttelte meinerseits.

„Doch wenn es möglich ist, würde ich vor meiner

fantastischen Reise noch etwas wie eine stärkende

Suppe zu mir nehmen – ehe ich dann fortschwebe,

hi, hi," blödelte ich albern.

Alles erscheint so einfach und ist es vermutlich auch,

überlegte ich, als ich allein war und all die folgenden

Tage meiner Mobilwerdung.

Ich könnte - ja ich brauchte nur in einen Zug
nach Dresden steigen.
Von dort aus nach - am besten...
Oder sollte ich gleich in einem Taxi die gesamte Strecke
zurücklegen?
Das wäre zwar recht Kostenaufwändig aber sicher
und am bequemsten, grübelte ich weiter.
Aber halt, eines jedoch, das Wichtigste hatte ich nicht
bedacht.
Was mir noch reichlich Kopfzerbrechen bereitete.
Ich war völlig mittellos – arm wie eine Kirchenmaus,
hatte keinen Cent in meiner beschaulichen
Umhängetasche.
Ich wusste – ahnte ja damals nicht, als ich mich
vor Jahren auf den Weg zum Zeitenkanal,
zu einem erotischen Schäferstündchen
mit meinen Geliebten Justin machte,
doch alles voll daneben lief und mich schließlich
in diese prekäre Situation manövrierte,
oder besser gesagt – geschleudert hatte.
Andernfalls hätte ich Vorsorge getroffen
und mich mit allem Notwendigen eingedeckt.
So allerdings besaß ich nichts – und war ein Nichts,
oder?
Denn in meiner Tasche befinden sich glücklicherweise

meine Papiere in einem geheimen Seitenfach,
welche man freundlicherweise an ihrem Platz gelassen
hatte, womit ich mich jederzeit ausweisen – meine
Identität klären konnte.
Gleichwohl ich in allen Jackentaschen, nur ein paar
läppische Münzen zusammen kramen konnte.
Oh je, ich bin wirklich vom Pech verfolgt,
bemitleidete ich mich, bevor ich zu guter Letzt,
doch noch einige Kreditkarten unter dem doppelten
Boden meines Beutels entdeckte.
Erleichtert aufatmend, stolperte ich wie eine
Behinderte durch die Flure.
Meine Beine waren noch immer wie Blei, hatten die
Leichtigkeit und Dynamik verloren.
Weis Gott, ich muss tatsächlich erst wieder laufen
lernen.
8 Tage übte ich das leichtfüßige Laufen.
3 Tage davon probte ich das Kauen und reflexartige
hinunterschlucken jedweder Nahrung.
Drei Tage brauchte ich, um mich wieder an feste Kost
zu gewöhnen.
Ferner benötigte ich eine gewisse Zeit, um meine
Muskeln zu trainieren.

Während ich meine liebe gute Fee,
eine meiner Töchter – die mir in den unzählig

vielen Jahren der Trennung so fern gewesen sind,
im Unklaren über meine Absichten ließ.
Sollte sie nur glauben mein wahres Vorhaben wäre nur
ein Hirngespinst.
Meinen beabsichtigten Aufbruch behielt ich freilich
zunächst für mich.
Selbstverständlich war es für mich, dass ich an mein
bisheriges Leben unweigerlich wieder anknüpfen
werde.
Mein Leben war anderswo – war nicht hier!

Mit vollgepacktem Rucksack, den ich durch Tausch
erworben hatte, dessen Inhalt hauptsächlich
aus frischem Gartenobst, wie Birnen, Pfirsiche
und Äpfeln bestand.
So wie ein paar Scheinchen Bargeld,
trabte ich dann los – in die Nacht.
Ich ging aber nicht, ohne eine Nachricht zu
hinterlassen.
Lebt wohl meine geliebten Mädels, nicht böse sein,
aber ich muss dem Ruf meiner inneren Stimme folgen,
irgendwann sehen wir uns wieder.
Ein Taxi brachte mich zum Hauptbahnhof.
Von dort nahm ich den nächsten Zug nach Dresden,
worauf ich den Zug nach dem östlichsten Grenzort
vor der Polengrenze anstrebte.

Nun ist es nicht mehr allzu weit, dachte ich,
als ich für eine deftige Abendmahlzeit den Zug verließ,
um hernach die Grenze zu passieren und weiter
in den Osten zu gelangen.
Gedankenverloren trottete ich durch die Straßen
auf der Suche nach einem mir empfohlenen
Restaurant.
Urplötzlich wie aus dem Nichts, war ich
von einer Bande junger Kerle umzingelt.
„Hier ist sie, wir haben sie, ja sie ist es wirklich,
unverkennbar!" sagte einer der Burschen.
„He, was wollt ihr von mir, ihr verwechselt mich,
so lasst mich auf der Stelle los.
Ich habe nichts und ich habe auch nichts getan!"
Kreischte ich außer mir vor Zorn und wehrte
mich aus Leibeskräften.
Ich schlug, biss, kratzte und trat um mich.
So dass sie einen Moment von mir abließen
und zurücktraten.
„Guckt sie euch mal richtig an Jungs.
Die soll in die Klapse? Ist das kein Irrtum?
Vermutlich ist sie einigen zu unbequem geworden.
Ein heißer Filmstar – eine zu große Konkurrenz,
oh was für ein köstliches Weib, ein Schmuckstück."
Ein anderer meiner Häscher sagte noch,

„Es tut mir ja furchtbar leid um dieses Prachtweib,
aber wir brauchen das Geld.
Weis Gott, könnte ich mir etwas ganz anderes
mit ihr vorstellen," fuhr er fort,
„doch leider haben wir die Order von ganz oben.
Wir müssen dich abliefern,
Schönste aller Schönen, ganz bestimmt aber können
wir dich hernach wieder erretten, hörst du?
Heute Nacht – nach Mitternacht warten wir
unter dem Fenster der neuen Abteilung,
also der für Neuzugänge,"
hörte ich ihn noch flüstern,
sein heißer Blick traf mich noch, ehe er sich zurückzog,
bevor ich bald darauf von zwei rüden,
grobschlächtigen Wärtern unsanft in Empfang
genommen wurde.
Doch bevor ich darauf reagieren konnte,
spürte ich einen Einstich im Arm,
worauf ich augenblicklich in das Nichts
der Dunkelheit versank und mein Retter mit seinen
Kumpeln später, unter dem Fenster warteten
und mich in einem Sprungtuch auffangen wollten,
doch sie warteten vergebens.

Es war schon hell, als ich mit viel Mühe
doch noch völlig benommen halbwegs den Weg

in die Realität fand - die Schwärze des Nichts
ein wenig durchdringen konnte.

Stupide, um nicht zu sagen, blöde,
doch noch völlig benommen, mühte ich mich
den Weg in die Realität zu finden.

Ich riss die Augen auf, alles war fremd, ich konnte nicht
denken, alles drehte sich im Kopf.

Warum liege ich hier? Bin ich krank oder verletzt?
Was ist mir geschehen!

Ah, ich glaube ich bin gestürzt,
von ganz hoch oben – wohl von einem Berg
abgestürzt – hab einen Schädelbruch erlitten.

Nun muss ich nur lange schlafen.
Morgen oder übermorgen wird es besser sein!

Doch auch der nächste Tag, ebenso die folgenden Tage
klärten nicht meinen Zustand.

Immer wenn ich glaubte, mich an gewisse
Begebenheiten erinnern zu können, kam die Schwester,
eine reservierte wortkarge Person, mit der verhassten
Spritze, um mich weiterhin in der Stumpfsinnigkeit
zu halten und schnippisch äußerte, „Du musst schlafen,
viel schlafen."

Ja ich verstand. Ich muss lange liegen, damit in meinem
Kopf alles wieder in die rechte Lage kommt,
dachte ich anfangs.

Allmählich jedoch erschien es mir merkwürdig
und mit jeden Tag mehr.
Ich wurde unruhig und skeptisch – ja misstrauisch,
denn keiner sprach mit mir, klärte mich auf,
als hätten alle Mundverbot.

Oft wollte ich aus dem Fenster schauen,
möglicherweise erkannte ich, wo genau
ich mich befand und könnte mit etwas Glück,
dieser Klapsmühle, wo die Patienten erst irre
gemacht werden, entfliehen.
Doch ich konnte mich einfach nicht aufrappeln.
Meine Glieder waren wie gelähmt.
Eins aber wusste ich mit Bestimmtheit
in klaren Momenten: Ich war unbeirrt auf dem Weg
zu meinem Liebsten, wo immer ich mich auch
im Moment befand und sollte es Jahre dauern.
So dämmerte ich weiter zwischen wirren Träumen
und Wachträumen, doch gar nicht so fern
der Wirklichkeit.
Denn die lebendigen Träume, banden die Erinnerungen
und hielten sie am Leben.
Nein, meine Träume kann mir keiner nehmen.
Doch die Träume schweiften bisweilen weit, sehr weit
zurück.

Einmal weilte ich auf dem mittelalterlichen Schlosshof
der gräflichen Vorfahren.
Schon damals wie auch heute noch, waren die
unsteten Hühner auf ihrer ewigen Futtersuche
aus ihrem Gehege ausgebrochen und pickten
auf dem großen Schlosshof das letzte Grün
zwischen den Steinen.
Gleichsam erfreute ich mich an den goldigen Küken,
die in aller Eile der Glucken Mutter nachtippelten.
Rasch bückte ich mich, um noch eines der putzigen
Federknäuel zu erhaschen.
Als ich meinen Gatten Giesbert rügend den Kopf
schüttelnd mit langen Schritten auf mich
zu stapfen sah.
„Was lungerst du hier wieder zwischen dem Viehzeug
herum, als wärst du eine dreckige Magd,
hab ich es dir nicht verboten!"
fauchte er böse und zerrte mich – ich weis
nicht mehr wohin.
Ein anderes Mal weilte ich gar in der Bronzezeit
und bestaunte die Fähigkeiten der Schmiede.
Was meinen damaligen, eifersüchtigen Peiniger
sehr erzürnte.
Das größte Wunder jedoch war, der Blick von einem
Hügel vor circa 3000 Jahren auf das wundersame rege

Treiben - dem Handel von Kaufleuten aus aller Welt
in Prunk und Pomp.
Kaum zu überbieten der tägliche Trubel
um die damalige Hünenburg herum, supermoderne
Ansiedlungen zwischen dem heutigen Braunschweig,
Helmstedt und Dedeleben.
Doch leider ist unerklärlicherweise
von all der Pracht kaum etwas geblieben,
schwirrte es in meinen Träumen.
Als ein junger Doktor, anstelle meiner resoluten
Pflegerin oder Schwester, welche eher
wie eine Gefängniswärterin anmutete, hereinplatzte.
„Oh ein Doktor sucht mich endlich auf!"
lallte ich, erschrak vor meiner eigenen Stimme
und schwieg beschämt.
„Hm – tja – unsere übereifrige Schwester ist überfällig,
sie ist heute nicht erschienen.
Nun, das passt sich sehr gut, sie ist mir zu herrisch
und zu eigenmächtig.
Zudem möchte ich meine Schützlinge selber kennen
lernen.
Ich bin der neue Stationsarzt, ich wollte
bei der Gelegenheit - die Patientin
mit der unheilbaren Angstneurose kennen lernen,
was mir recht merkwürdig erschien - ohne

therapeutische Besprechungen,"
murmelte er zerstreut.
Nun hob er seinen Blick von der Krankenakte
und erwartete eine bedauernswerte
graue Maus zu sehen.
Doch was er sah, warf ihn fast um.
„Wow – ich bin überwältigt, solch einen Sonnenschein
in unserem Haus vorzufinden – so ganz im
Verborgenen."
Er räusperte sich verwirrt, um mit fester Stimme
fortzufahren.
„Nun sehe ich, sie stehen unter starken
Betäubungsmitteln.
Also die Injektionsdosis ist viel zu hoch angesetzt,
um nicht zu sagen – unnötig!
Wer um Himmelswillen hat das angeordnet?
brummte er unwillig den Kopf schüttelnd.
„Ah, ich beginne zu verstehen,
es scheint, als wollte man sie aus dem Weg haben – sie
ruhigstellen!" Er reckte sich.
„Die Art ihrer Psychose werde ich selber herausfinden.
Von nun an kommen sie täglich, persönlich in meinen
Praxisraum.
Von heute an, werden wir es zunächst mit einer
kleinen Pille, die auch die bösen Gedanken vertreibt,

versuchen.

Nur müssen sie die Pille auch wirklich schlucken,
sonst kommen wir mit ihnen nicht weiter,"
fügte er, den Zeigefinger hebend, schmunzelnd hinzu
und reichte mir die winzige Pille.
Ich nahm sie entgegen und schluckte.
Am nächsten Tag, kam zu meinem Erstaunen,
selbiger Doktor, um mir persönlich besagte Pille
zu übergeben.
Er musterte mich wohlwollend und sagte,
was ich zunächst nicht verstand und erst später
zusammenreimen konnte: „Mein Gott, so vollgestopft
mit Psychopharmaka, so beduselt wie nach einer
radikalen Schlafkur, waren sie nicht imstande,
aus ihrer Lethargie zu fliehen.
So etwas künstlich herbeizuführen
ist unverzeihlich – sträflich, ja geradezu kriminell.
Selbstverständlich muss ich diese verantwortliche,
gewissenlose Pflegerin fristlos entlassen,
wenn sie nicht schon selbst die Flucht ergriffen hat,"
fügte er kaum hörbar hinzu.
Mich, mit einem mitleidigen Blick musternd,
eilte er hinaus, während ich nachdenklich
sinnend zurückblieb.

Nach drei Tagen schon, gelang es mir,
von dem Doktor unbemerkt, die Pille unter der Zunge
zu verbergen.
Welche künstliche Wirkung auch immer
dahinterstecken mag, ich brauche keine
Psychopharmaka, war ich mir sicher.
Vom vierten Tag an, trainierte ich eisern meine
verrosteten Glieder, ölte sie mit Gymnastik
und übte mich im Laufen, also im Joggen auf der Stelle.
Mit meiner körperlichen Fitness, kehrte ebenso
die Erinnerung zurück.
Nach etwa 6 Tagen glaubte ich, ein fast vollständiges
Bild meiner jüngsten und davorigen Vergangenheit,
zurück gewonnen zu haben.
So war mir indes vollkommen klar: Man hatte mich
mit starken Psychopharmaka vollgestopft,
so dass ich stets beduselt, wie ausgeschaltet war
und nicht mehr zu denken vermochte.
Wie lange ging das schon so – Jahre?
Wer aber hatte diesen teuflisch,
menschenverachtenden Auftrag erteilt,
den Auftrag mich zu zerstören oder ganz einfach
nur aus dem Weg zu schaffen und Warum?

Selbstverständlich musste ich auf der Stelle
von hier fort.

Womöglich ließ sich der Doktor auch noch irgendwann
oder gar jetzt schon bestechen.
Was weis ich denn schon, denn der Doktor
hat niemals eine Entlassung erwähnt oder in Betracht
gezogen.
Wer aber zahlt meinen Aufenthalt?

Ich war auf der Hut – schluckte keine Pille,
noch irgendein Heilelexier.
Die meiste Zeit, das heißt, wenn ich keinen
Überprüfungsbesuch, noch eine Arztvisite erwartete,
verbrachte ich am Fenster.
Ich studierte alle näheren Wege, insbesondere
den Weg, der in den östlichen Wald führte.
Auch die Wälder Süd und Nördlich waren mehr
oder weniger bewaldete Gebirge.
Noch waren die Bäume unbelaubt - hatten allerdings
schon grüne Knospen, ein paar Tage Wärme und...
Doch noch konnte ich gut den Pfad gen Osten
sich winden sehen.
Ich werde immer den Weg nach Osten, vielleicht ein
wenig Südlicher nehmen.
Ja, dort will ich gehen, war ich mir sicher.
Doch wie sollte ich jemals lebend
und ohne Knochenbrüche aus diesem zweiten
Stockwerk gelangen?

Mittlerweile, allerdings waren Wochen
oder gar Monate ins Land gezogen.
Wieder starrte ich stundenlang auf diesen imaginären
Punkt, bis in die Dämmerung.
Als ich am Waldesrand Bewegung bemerkte.
Nicht nur ich, beobachtete die Ferne,
sondern ich selbst war Objekt – wurde im Gegenzug
genauso beobachtet.
Denn ich sah nicht zum ersten Mal ein Fernglas
blitzen - in der untergehenden Abendsonne
sich spiegeln, inmitten einer Gruppe Männer.
Sollten das die Bengels vom Hilfsdienst
der Wachmannschaft sein?

Jene Bengels, die mich einst, vermutlich für viel Geld
ergriffen und ausgeliefert hatten?

Gleichwohl hatten sie schnell Reue gezeigt,
doch da war es längst zu spät zur Umkehr,
zudem lockte sie das Geld.
Mittlerweile allerdings waren Wochen oder gar
Monate ins Land gezogen.
Nun glaubte ich, zwei aus der Gruppe meiner Häscher
wieder zu erkennen.
So hatte ich plötzlich die Worte im Ohr: Wir warten
unter dem Fenster auf dich und fangen dich auf.
Sollten meine Häscher nun auch gleichzeitig
meine Befreier sein?
Nun, sie haben ja im Auftrag einer Befehlsperson
gehandelt, ohne zu wissen, wer auf beiden Seiten
dahintersteckt!

Kap. 10 Die Zukunft beginnt jetzt

Aufgerüttelt hob ich beide Arme und begann
wie irre zu winken.

Jetzt oder nie – leben oder feige untergehen,
dachte ich bloß.

Kaum war der Mond aufgegangen, als sie mit einem
Sprungtuch, flüsternd unter meinem Fenster standen.

Oh je, meinen Beutel mit allem Papierkram
hat man mir genommen – sichergestellt,
wie sie behaupteten.

Vier Kerle waren es, keine jungen Burschen mehr,
eher in besten Mannesalter.

Wohl aus dem Club der Geschiedenen oder ewig
Suchenden, ha ha, dachte ich belustigt.

Ich zögerte nicht lange – sah das ausgebreitete
Sprungtuch und sprang mit geschlossenen Augen
blindlings in die Tiefe.

Dennis, der jüngste unter ihnen, verfolgte mit banger
Spannung das wahnwitzige Geschehen.

Ich erhob mich taumelnd – hatte wieder einmal
eine heikle Situation gemeistert und überlebt.

So torkelte ich direkt in Dennis ausgebreitete Pranken,
der mich sogleich, tiefaufatmend,
fest in seine Arme zog und mit brennenden Augen
musterte.

Mit heißen Lippen und rauer Stimme, raunte er mir ins Ohr.

„Ich konnte dich nicht vergessen – träumte jede Nacht
und sogar jeden Tag von dir.
Oh, wie köstlich es sein muss, ganz dicht bei dir,
in deinen Armen – deine süßen Lippen zu spüren.
Ach, mir fehlen die passenden Worte,
welche ausreichen würden, soviel Liebreiz
und wahre Schönheit, gebührend zu preisen.
Ich bin kein Poet – habe solche Worte nie zuvor gebraucht.
Eins jedoch weis ich genau, dich lass ich nie mehr gehen!"
Oh je. Das hat mir gerade noch gefehlt, dachte ich,
leicht geschockt – ehe der verliebte Bengel völlig
entflammt und ausflippt, muss ich
verschwunden sein, oh wehe mir.

Kap. 11 Die Flucht aus der Flucht

Doch alles sollte zunächst anders kommen.

Denn vorerst brauchte ich ja die mutigen Jungs noch,
auch wenn ich mich nun erleichtert zwischen ihnen
befand, lastete der Verlust meiner wichtigsten
Begleitutensilien in meinem Beutel - auf mir - in dem
sich alles Persönliche, ja meine Identität befand.

Doch da ich diese Situation befürchtet hatte,
habe ich für diesen Notfall vorgesorgt.

Um der für mich lebensnotwendigen Bankkreditkarte,
keinesfalls verlustig zu werden,

hatte ich sie, worauf keiner kommen würde,
auf meinem Kopf verborgen, unter meiner üppigen
Hochfrisur.

Nun ja, wer mich schon gesehen hat, kennt meine
üppige, wirre Mähne.

Doch es störte keinen, dass ich mit ungepflegtem
Wirrkopf daherkam.

Mein Po langer Zopf, den ich zu einer beachtlichen
Hochfrisur zusammengerollt und hochgesteckt hatte,
brauchte nun dringend eine Auffrischung
durch einen Kamm.

Sowie mein Körper sehnlichst nach einem heißen Duft
Bad verlangte.

Also hat man sich in der Anstalt gottlob nicht die Mühe

gemacht, mein Haar zu waschen, meine Frisur
neu zu ordnen und den Zopf neu zu flechten.
Instinktiv tastete ich in Gedanken daran,
nach den scharfen Ecken der robusten Karte.
Sie war noch an ihrem geschützten Platz.
So froh ich auch über meine gelungene Rettung war,
so wenig behagte es mir mit einer reinen Männer
Clique herumzuziehen,
gleichwohl beklagte ich den Verlust meines gesamten
Reisegepäckes – mein ganzes erbärmliches Habe,
in meiner bescheidenen Reisetasche,
wurde mir entwendet und dort angeblich
in der Psycho Klinik sichergestellt.
Wird es dort möglicherweise in einem der vielen
unterirdischen Katakomben gelagert?

Nachdem sie noch in das Anstaltsbüro einbrachen
und meinen alten, dennoch kostbaren Lumpensack
und für mich äußerst wertvollen Fund
wieder beschafft hatten, konnte ich sie unmöglich
sofort wieder verlassen.
Am meisten sorgte mich, dass Dennis,
der temperamentvolle Jungspund,
Feuer gefangen hatte.
So versuchte ich, ihm zaghaft beizubringen,
das ich nicht länger bleiben, sondern noch einen

langen Weg vor mir hatte.

„Aber wo willst du denn hin?

Wohin auch immer du gehen willst,

werde ich dich natürlich begleiten," beantwortete er selbst seine Frage.

Von dem Moment an konnte ich keinen Schritt mehr alleine tun, stets hatte ich diese Traube um mich.

Insbesondere Dennis wich mir nicht mehr

von der Seite.

Wir campierten in einem alten Blockhaus im Wald.

„Das ist unsere Bude – unser Clubhaus," grinste

Dannys, vieldeutig.

„Hier lagert stets ein Kasten Bier und ein guter Tropfen Selbstgebrannter im Geheimfach hinter der Holzvertäfelung," klärte ein andere mich auf.

Schon saßen alle, diesmal sechs Kerle, alle im Kreis, ein jeder mit einer Bierflasche und steckten kichernd die Köpfe zusammen, während die Pulle Schluck ihre Runde machte.

So hörte ich zwischen coolen Sprüchen

und nicht stubenreinen Bemerkungen: „Oh Mann,

dieses Weib ist der pure Wahnsinn."

„Ja - und sie steht unter unserem Schutz."

„Ha – du meinst wohl unter deinen?"

„Ja und ich bin ebenso Wahnsinnig zu sagen,

dass ich bei ihr …“
Ich vernahm Dannys Ausspruch im Stimmengewirr
und das darauffolgende Gelächter, nicht ganz.
Ich selber wollte freilich kein Spiel oder Spaßverderber
sein, so nahm ich auch die Flasche entgegen,
wenn sie erneut die Runde machte,
während ich sie senkrecht kippte, so als würde ich
einen herzhaften, besonders großen Schluck nehmen.
Was ein glucksend – blubberndes Geräusch ertönen
ließ und alle ergötzte und befriedigte.
Bald schon sangen – nein eher grölten sie Melodien
mit schlüpfrigen Texten.
Wobei ich belustigt dachte: Mein Gott in was für eine
wilde Bande bin ich hier nur geraten.
Ach Männer, ob jung oder alt sind so - und Alkohol
enthemmt selbst den Schüchternsten.
In Wahrheit wollte ich gar nichts weiter,
über die Männer, noch über Dennys der sich besonders
hervortat, wissen.
Das Jetzt, ist nur eine winzige Episode meines Lebens,
völlig bedeutungslos.
So sang und alberte ich mit ihnen – wollte nicht
als Spaßbremse auffallen.
Allmählich wurden ihre Stimmen leiser, ihre Zoten
harmloser, es dauerte keine drei Stunden,

bis auch der letzte, also auch Dennys,
mit offenen Mund schnarchte.
In frühestens drei, eher noch in zwei Stunden,
würden die ersten aus ihrem Alkoholrausch erwachen.

Nun sah ich meine Zeit und Chance gekommen.
Bei einen letzten Blick zurück,
sah ich eine Taschenlampe im Kerzenlicht,
glitzernd aus einer Jackentasche ragen.
Oh, die konnte ich gut gebrauchen.
Schließlich hatte ich früher bei jeden Trip
eine Taschenlampe dabei.

So stapfte ich nun durch den unwegsamen Forst
und ersehnte den hellen Morgen,
welchen ich gleichsam fürchtete.
Jetzt durfte ich keineswegs eine Pause einlegen,
musste einen großen Vorsprung gewinnen,
vor eventuellen Verfolgern, wie den Dennis.
Zumal er in seiner kometenhaft, aufgeglühten
Verliebtheit, durch meine brutale Flucht erschüttern
und seine Verliebtheit – eine verschmähte Liebe,
augenblicklich in tödlichen Hass umschlagen könnte.
So musste ich verschwunden sein,
nur fort von hier.

Es war ja durchaus nicht das erste Mal,
das ich solche enormen Strecken zu Fuß zurücklegte,
dachte ich am dritten Tag meiner unüberlegten
Krafttourtur.
Ich wusste ja, dass sich die Strecke ewig in die Länge
zieht.
Ich hätte halt doch besser einen Zug nehmen sollen,
doch ich hatte ja noch immer kein Bargeld.
So muss ich mich weiterhin Südöstlich halten,
in der Hoffnung, mein Orientierungsgefühl,
trügt mich nicht.
Auch wusste ich nur instinktiv, an welcher Stelle
ich die Landesgrenze überwinden muss,
bis ich ihn endlich sehe – den Berg, dem mystischen
Zauberberg.
Wenn es ihn denn gibt? So gibt es alles andere auch.

Fünf Tage und Nächte stolperte ich nun schon rastlos
in immer die gleiche Richtung.
Ich übernachtete in halb zerfallenen Schutzhütten,
immer auf der Hut.
Völlig erschöpft, übermüdet und ausgezehrt,
kauerte ich in der untergehenden Sonne,
allmählich an meinem eingeschlagenen Kurs zweifelnd.

Hätte ich nicht doch besser den geraden,
direkten Weg gen Osten nehmen sollen?
Von unsäglichem Hunger und ständigem Durst geplagt,
am Rande meiner Belastungsgrenze,
hatte ich große Mühe, die Augen offen zu halten.
So blinzelte ich zunächst dösig den Weg in Zielrichtung
entlang.
Doch im nächsten Moment riss ich ungläubig
die Augen auf.
Was leuchtete dort rotgolden in der letzten
Sonnenglut?
Im feurigen Schein – wie überirdisch sah ich …
war es wirklich?
Ich wischte mir über die Augen.
Oh mein Gott – ich sah sie wahrhaftig, sie waren es,
ohne Zweifel und mittendrin, ragte „Er" zwischen
den anderen klar heraus – unser Berg.
Das ist der Zauberberg.
Es gibt ihn also wirklich.
Wenn die düstere Höhle dort oben der Zeitenkanal ist,
dann… frohlockte ich aufgewühlt, bibbernd vor
Ungeduld.
Die Schwäche der lahmen Gelenke, war augenblicklich
verschwunden.
Atemlos sprang ich auf und hetzte keuchend los,

um sie untrügbar zu sehen – die Höhle,
unsere Höhle – den Zeitenkanal.
Doch etwas anderes lenkte mich zunächst ab.
Ein undefinierbares Getöse – ein Rauschen, Surren
Brummen und Schallen, wie Türenknallen
und laute Stimmen.
Ach Gott ja, ich hatte ganz verdrängt – den ganz
normalen Wahnsinn der Zivilisation.
Ich hatte ganz vergessen, was hier entstanden war,
damals um 19 Hundert.
Wofür unser geliebtes Heim, unsere herrliche Villa
einst hat weichen müssen.
Ein supermodernes Einkaufscenter mit Bank,
Apotheke, Gartencenter, Baumarkt, Restaurants
und Hotelbereich.
Trubel – Hektik – Leben.
Oh je, darauf war ich so plötzlich nicht vorbereitet.
Überrascht trat ich zunächst ein paar Meter zurück,
unter das schützende Blätterdach des Waldes
und Gebüsch.
Ich musste mich erst fangen, meine Nerven beruhigen.
So suchte ich den kühlen Bach auf,
den, von dem ich wusste.
Dort erfrischte ich mich nicht nur, ich badete mich zum
ersten Mal auf diesen Trip im eisigen Wasser und löste

mein Haar, barg die wertvolle Bankkarte und flocht
meinen Zopf ordentlich neu.

Mit der Karte stürmte ich als erstes in die Bank.

Dann hatte ich große Eile das Einkaufscenter
aufzusuchen.

Dort fühlte ich mich wie im Schlaraffenland,
meine Güte, wie lange hatte ich solche Warenvielfalt
nicht genossen?

Ach, was ich alles brauchte in meinem neuen Leben,
um mich als vollwertiger Mensch wieder unter das Volk
mischen zu können.

Mit vollen Taschen betrat ich unter den missmutigen
Augen des Portiers die Hotelhalle.

Doch eine gut gefüllte Kasse, zählt mehr
als ein perfekter Auftritt.

Dort mietete ich, was den brummigen Gastronom
augenblicklich zum höflichen Kriecher werden ließ,
eine feine Suite.

Gierig verschlang ich Kuchen und andere Delikatessen.

Nun stand ein Duftbad auf dem Plan, wobei mich die
Müdigkeit übermannte.

Ich schaffte es gerade noch ins Bett.

Ich verschlief den Tag, die Nacht und den folgenden
halben Tag.

Bevor ich mich jedoch auf die endgültige Suche

nach meinem vorherigen Leben
und somit nach meinem Liebsten begab, musste ich
noch etwas wichtiges klären.
Denn gibt es den Zeitenkanal und den Robby nicht,
so ist auch die Existenz meines Liebsten,
den Grafen von Elzen, äußerst fragwürdig.

So machte ich mich auf, um die tatsächliche Existenz
der Zauberhöhle und insbesondere Robbys,
den Zeitenlenker festzustellen
und zu klären.
Bald überkamen mich erdrückende Bedenken.
Denn hatte ich nicht in meinem unbändigen Zorn
den bösartigen, eisernen Gnom,
eigenhändig den Hang hinabgeworfen?
Nun suchte ich stundenlang nach ihm,
bis ich ihn schließlich verbeult in einem Gebüsch fand.
War noch Leben in ihm?
Verrostet war er jedenfalls nicht.
Logisch, natürlich war er rostfrei!

Ich schüttelte ihn heftig, in meiner Ungeduld.
Plötzlich war mir, als rollte er mit den Augen,
so war er also noch immer intakt.
Doch seine lebhaften Augen steckten in einem
Totenschädel, von porösen, ausgeblichenen

Schädelknochen, eingeschlossen.
Ein scheußlich – grotesk, gruseliger Anblick.
„So so, dich gibt es also wirklich noch!
Nun ja, Unkraut vergeht nicht!" spottete ich,
in schwacher Erinnerung an seine Schandtat.
Aber was war es nur, was er so Fürchterliches
getan?
Hat er nicht den Justin meuchlerisch erschlagen?
Plötzlich sah ich das viele Blut, es rauschte in meinem
Kopf, als die Wut mich ergriff.
Ohne zu überlegen, packte ich den Mörder
und knallte ihn an seinen Pult, wo er hingehörte.
So sollte er in seine Zeit reisen oder sonst wohin – egal.
Doch bevor ich noch die Höhle – den Zeitenkanal
verlassen konnte, begann die unfreiwillige Reise
mit mir.
Um Gotteswillen, was geschieht hier?
Zu meinem Entsetzen schwebten wir, weit
und immer weiter in die Zukunft, die es noch
gar nicht gab, wohl bis ans Ende der Zeit,
wie ich erschüttert voraussah und befürchtete!

Ich sah die Reste der längst vergangenen Zivilisation.
Ich sah Justins ehemalige Prunkvilla,
als zerfallene Ruine.
Mir stockte vor Grauen der Atem.

Nein – nur das nicht, nicht in die ferne Zukunft,
dachte ich entsetzt.
Ich muss den Robby umstimmen, versöhnen
und wieder für mich gewinnen.
Ich musste den Ekel – die aufkommende Übelkeit
überwinden, angesichts des maroden,
kahlen Totenschädels, welcher paradoxerweise
noch immer an dem stählernen Robotergestell haftete,
jedoch abzubrechen drohte.
Die skurrilste Zusammenfügung
eines Robotermenschen, sinnierte ich kopfschüttelnd.
Worauf ich mit brüchiger Stimme einlenkte.
„Ach Junge, ich will doch keine Feindschaft mit dir.
Denk doch zurück, wie gut wir uns immer verstanden
haben, bevor – bevor du aeh – nun ja – zum bösartigen
Monster mutiertest!
So komm zu mir, setz dich her zu mir.
Fühl dich ganz einfach wohl und entspannt.
Komm an mein Herz, zehr von meiner Kraft,
so dass du deine kranke Seele, dein Gemüt,
kurz all deine Stärke deines Supergehirnes
wieder zurückgewinnst,"
raunte ich, um dann schmeichelnd fortzufahren.
„So werde ich dich heute die ganze Nacht,
bis zum Morgen im Arm halten, wie einen Geliebten."

Ich strich ihm über den grässlichen Totenschädel.
Sodann packte ich den unhandlichen,
plumpen Metallkörper und verließ mit ihm die Höhle.
Ich setzte mich mit ihm im Arm,
auf den kleinen, legendären Felsen, von dem aus
ich mangels belaubter Bäume, die mir milden Schatten
hätten spenden sollen, in der Sonne glühte.
Selbst die einstmals stolzen Tannen und Fichten,
entbehrten ihre duftenden Nadeln.

Ein toter Platz – ein Wald ohne grün,
nur mit kargen Baumstümpfen, zeugten von einer
ehemaligen Vegetation.
Auch sah ich keine Wolken am Himmel
so wie ich sie kannte.
Es war zwar recht warm, doch eher schwül,
kein Wind, kein Lüftchen regte sich.
Ich glaubte, nicht richtig durchatmen zu können,
so als gäbe es nicht mehr die richtige
Sauerstoffmischung für unsere – des Menschen
notwendige Atemluft.
Wolkenlos knallte die Sonne ohne Erbarmen auf uns,
bis sie endlich im Orbit versank.
So schmorte ich schwitzend in der Sonnenglut,

in der Hoffnung, sie möge bald versinken.
So döste ich offensichtlich schon unter deren
schädlichem Einfluss.
Mit dem unguten Gefühl, das Hirn schmilzt – löst sich
auf und lässt alles Wissen verschwinden,
macht aus mir ein Hirnloses Wesen.
Einen Moment dachte ich noch daran,
in die schützende Höhle zu flüchten, doch dann
verschwamm alles in einem orange - milchigem Nebel.
Doch als sie endlich glücklicherweise hinter dem hohen
Berg verschwunden war, hatte ich bereits mehr
als nur einen Sonnenstich, einen ausgewachsenen
Sonnenbrand, den ersten im Leben und dieses Anfang
Mai.

Jetzt war ich es, dem die Sonne und nicht nur die
Sonne das Hirn vermanschte.
So begann ich im unruhigen Halbschlaf dösend,
Justins verrückteste Spinnereien weiter zu spinnen.
Etwa wie man aus diesem Riesenscherbenhaufen,
diesem verheerenden Inferno – der Vernichtung
allen Lebens – plus jeglicher Vegetation, neues Leben
schaffen könnte.
Bei jedem Schritt, den ich im Traum ging,
knirschte es unter den Füssen, alles zerstob zu Staub.
So phantasierte ich, wie man aus dieser Apokalypse,

eine neue Welt aufbauen könnte.
Vorausgesetzt, das Wasser, so es denn noch
welches gibt, ist genießbar und nicht längst verseucht.
So könnte man Getreide, Kartoffeln, Bohnen
und diverse Begrünung anbauen.
Ebenso könnte man Fischeier vieler Arten
in den Flüssen und Seen aussetzen.
Wenn es wundersamerweise regnet,
alles gedeiht und Früchte trägt,
ist vielleicht noch nicht alles verloren.

Doch hier würde es niemals mehr regnen,
noch schneien.
Bei jedem Schritt knisterte es unter den Füßen,
alles zerbröckelte, wurde zu Staub.
Auch hatte ich schon beim Eintritt in die Zeit,
sogleich eine gewisse unnatürliche Leichtigkeit
meiner schwergeplagten Glieder bemerkt.
So war mir klar, dass bereits eine gewisse
Schwerelosigkeit zu entstehen begann – dass sich
statt der schützenden Atmosphäre um unseren Globus,
durch eine andere extreme Strahlung,
eine giftige Aura zu bilden begann.
Als wäre es nicht nur das Ende der Lebendigkeit,
sondern viel mehr das Ende der Zeit,
in der sich alles aufzulösen begann.

War es hier und jetzt auch die totale Apokalypse,
das Weltenende, so doch durchaus nicht das Ende
der Zeit.
Denn die Zeit ist etwas, das nicht enden kann,
ebenso die endlose Weite.
Eine grenzenlose Weite jedoch kann unser stets
begrenzt denkendes Hirn nicht akzeptieren und nicht
verkraften.
So war doch unser ganzes Dasein von einem
bestimmten Anfang und einem Ende geprägt.
Wie aber ist das Universum mit all den zahllosen
Himmelskörpern wie Planeten und schwarzen Löchern
irgendwann erstanden?
Oder ist der Begriff irgendwann völlig bedeutungslos?

Kap.12 Das Ende der Zeit

Nun ja, es war gewiss nicht das Ende der Zeit – der
unendlichen Ewigkeit.
Wenn die Erde auch künftighin
ohne Leben – wie Merkur, Venus, Mars, Jupiter
und der unglaubliche Saturn,
den ich einst aus der Nähe habe sehen dürfen
und all die vielen anderen toten Planeten,
die im All schweben, ebenfalls für ewig
in der Unendlichkeit ihre Bahn ziehen wird.
Aber sah ich nicht schon mehrmals die Erde vernichtet
und immer wieder ist neues Leben, neue Arten
auf ihr entstanden?
Allerdings benötigte all das lange,
lange Zeiten - Zeiten um neue Evolutionen entstehen
zu lassen.
Wird womöglich unser einmaliger Planet noch einmal
zu neuem Leben erwachen?
Zeit ist ja genug vorhanden.
Dieser wunderbare einmalige Planet in unserem
Sonnensystem, dachte ich weiter,
unsere Erde ohne Leben – nur noch Ruinen,
halb oder schon gänzlich zerfallen.
All das ist wohl schon vor mehr als 100 Jahren
geschehen, stellte ich entsetzt fest.

Was aber sollte ich jetzt hier?

Nein – nein und nochmals nein.

Denn unsere Welt wird sich nimmer mehr abkühlen
auf ihrem steten Kurs.

Eher wird sie sich stetig erwärmen, denn sie wird sich
mehr und mehr der Sonne nähern.

Von der Sonne angezogen, wird sie irgendwann – in
Milliarden Jahren, nicht nur von der Sonnenhitze
verglühen, sondern sich mit ihr vereinen,
um nach unsäglich langer Zeit mit ihr zu erlöschen.

Das wäre dann das Ende unseres Sonnensystems.

Herr je – es ist unmöglich für uns unscheinbaren,
begrenzt denkenden Erdlingen zu verstehen,
die nur eine so geringe Zeitspanne – kürzer als ein
Wimpernschlag des Seins, hier gastieren dürfen.

So sind sie nicht imstande, die Ewigkeit
und schon gar nicht die Unendlichkeit verstehen zu
können.

Solche Überlegungen marterten mich und ließen mich
bebend aufseufzen.

Gleichwohl ist das nagende Gefühl der Ohnmacht
erdrückend – unwiederbringliches – des Lebensraum
Verlustes und zudem noch diese unsägliche Einsamkeit,
der einzige Mensch auf der Welt zu sein,
ist nicht in Worte zu fassen.

Ich erwachte mit den ersten Sonnenstrahlen.
Mein Gesicht brannte wie Feuer.
Ich fühlte mich fiebrig und elend krank, mein Kopf
drohte zu platzen.
Oh je, oh je, was ist mir geschehen,
bin ich hier auf einem fernen Planeten ausgesetzt?
War mein erster Gedanke.
Nein, es ist noch die alte Erde.
Aber um Gotteswillen – so scheint sie jedoch
die schützende, lebensnotwendige atmosphärische
Umhüllung verloren zu haben.
Schutzlos im All treibend, den giftigen Strahlen
ausgesetzt.
Aber warum? rätselte ich beklommen.
Möglicherweise ist sie nur um ein Minimum
vom alten Kurs – der steten Umlaufbahn abgekommen.
So hatte es doch totale Folgen, woran der winzige,
sündige Erdling keine Schuld trug.   ,
Ich als Nordländler, bin schon gar nicht für solch
siedende Höllenglut geschaffen.

Ich verbrenne, verschmelze und vergehe hier!
Um Himmelswillen, ich muss augenblicklich
fort von hier!
„Ist das eine besondere Strafe von Robby für mich,"
fragte ich fassungslos.

„Aber nein," widersprach er.

„Denk doch so etwas nicht.

So versteh doch, jetzt hätte ich dich für mich allein,

hier gibt es keinen Konkurrenten."

„Aber was redest du da für einen Unsinn,

du dämlicher Blechkasten," wütete ich.

„Hier werde ich sterben. Innerhalb von 3 – 4 Tagen

bin ich verdurstet – ehe ich verhungere.

Oder siehst du hier irgendwelche Pflanzen oder Tiere?

Alles ist vernichtet, wohl durch übermäßige Hitze

oder gar Atombomben.

Es war schon lange offensichtlich, dass die Menschheit

sich eines Tages selbst vernichtet.

So werde ich jetzt sterben.

Vorher aber werde ich dich vernichten, diesmal jedoch

endgültig," grollte ich mit bebender Stimme.

Gleichwohl kann ich mir letzteres ersparen,

denn auch du wirst erheblichen Schaden nehmen,

sollte dir klar sein," fügte ich heftig nickend hinzu.

Nun ja – eine Warnung vorab. Doch dieses Mal war es

wohl keine böse Absicht.

„Oh verzeih, liebstes Carlachen,

aber es will mir nicht mehr gelingen.

Ich kann die Zeit nicht mehr genau, noch beliebig
steuern," röhrte er.
„Aber du wirst doch wohl noch zurück in unsere
Vergangenheit, also – die Gegenwart starten können."
„Ja, ich denke schon, dass es mir noch gelingen wird.
Doch zuerst muss ich mich erholen – regenerieren.
Denn der letzte Frost und Schnee
und dann noch das Tauwetter, haben mir schwer
zu schaffen gemacht."
„Ja freilich benötigst du eine Erholungszeit,
die sollst du auch bekommen, nur fehlt uns die Zeit
dafür," säuselte ich versöhnlich.
„Ach Junge, ich wünsch mir doch auch,
unsere Freundschaft wieder zu vertiefen
und mich in meine Zeit zurück.
Hier kann ich keine Stunde länger bleiben.
Ich muss augenblicklich fort von hier – kann hier nicht
mehr atmen – kann hier nicht sein."

Vermutlich hatte ich mir schon Schaden an Leib
und Leben eingefangen.
Dem unglaublichen Druck im freien Raum jedoch,
der allerdings auch für eine gewisse Ordnung
im Universum sorgt, entgegenzusteuern,

um nicht von dem verschlingenden Sog,
wohin auch immer, mitgezogen zu werden,
gilt es sich nicht auszusetzen.
So spürte ich gottlob noch keinen Druck, noch einen
Sog, der mich anzog!
Also war die Zeit noch nicht allzu weit fortgeschritten,
überlegte ich. Noch war alles möglich.
Am notwendigsten jedoch war es,
dem beschädigten Robby, wieder zu seinem
ursprünglichen, alten Roboter – Stahlkopf zu verhelfen.
„Du brauchst deinen alten Kopf zurück Junge,
nur so wirst du wieder 100 Prozent funktionieren.,"
belehrte ich ihn.
„Nein oh nein, ich will den Menschenkopf behalten,
denn nur damit habe ich eine hörbare Stimme,"
begehrte er auf.
„Welch ein Unsinn," beharrte ich nachdrücklich.
„Du hast doch schon lange keine Kehle,
somit keinen Kehlkopf, Junge
und längst keine Lippen mehr, um verständliche Laute
und Begriffe auszusprechen, also in Worte zu kleiden
und formen.
Trotzdem verstehe ich genau was du zu sagen hast.
Gedankenübertragung oder spezielle Funkwellen,
oder wohl eher beides zusammen,

senden mir mehr oder weniger deine skurrilen
Überlegungen.

Dazu kommt, wie lange ich dich schon kenne,
deine naive Denkweise, wie jemand,
der kein eigenes Leben hat, so etwa wie eine Puppe,
deren Gedanken ich selbst erfinden muss,
um mit ihr zu kommunizieren."

„Du willst also meine geheimsten Gedanken kennen?"
entgegnete er angriffslustig.

Worauf ich aus Pietät nicht einging,
um ihn nicht über die Maßen zu kompromittieren,
fuhr ich fort.

„Dieser sogenannte Menschenkopf,
den du so gerne behalten willst,
ist nur noch ein grässliches Totenschädelgeknöche,
abscheulich anzusehen und glaube mir,
wenn er in kürze abbricht, denn er bröckelt
schon auseinander, ist porös wie trockenes Laub.

Dann mein neunmal kluger Freund,
läufst du ohne Kopf herum.

Wenn du auch nicht herumlaufen kannst
mit deinen Stummelbeinen, so bist du dann auch
noch kopflos – wo willst du dann dein – Ich - deine
Seele unterbringen?

Also wo ist dein gewisser Schulteraufsatz – dieses

kopfähnliche Gebilde aus Eisen?
Ich sehe hier das Gewinde zum festschrauben.
So sag, wo ist es?" wiederholte ich ungeduldig,
aufbrausend.
„Ach sei es drum, jetzt siehst du aus, wie du wirklich
bist, ekelerregend, geradezu zum Fürchten,
ein Kotzbrocken," ergänzte ich und packte ihn wütend,
um ihn an seinem Pult fest zu schrauben.
„Nun bring dein Höllenschiff in Gang, nur fort
aus dieser tödlichen apokalyptischen Zeit,"
rief ich nachdrücklich.

Es dauerte nicht allzu lange, bis er bremste
und der Zeitenlift endlich vollkommen stillstand
und uns nicht immer weiter von unseren
Lebensbedingungen entfernte, sondern in die Zeit
zurück.
„Ich kann es nicht mehr genau regulieren,
zudem will ich keinesfalls zu tief in die alte Zeit
absinken," betonte er.
„Nun gut, so lass mich öfters nachsehen,"
brummte ich genervt und eilte zur Höhlenöffnung.
Oh – Mann, ich sehe Justins Prunkhaus.
Es ist zwar schon recht alt und verwittert,
aber noch ganz.
Auch sehe ich das ganze Dorf, ich sehe das Theater,

das Museum, die Schule, das Rathaus
und natürlich nicht zu übersehen, das Krankenhaus.
Alles das ist erst erbaut in der neuen Zeit,
in welcher ich viele Jahre mit Justin lebte.
Jene Zeit, die ich so verabscheue.
Doch auch hier – zu der Zeit – ist schon vieles recht
verwüstet und baufällig.
Ich schätze die Zeit auf circa, aeh – 120 Jahre Neuzeit.
Damals, nach dem Inferno – der totalen Vernichtung,
musste alles schnell wieder aufgebaut werden.
Man benötigte Unterkünfte, denn alles,
was die Zivilisation in Millionen Jahren
hervorgebracht hatte, war zerstört.
So musste umgehend ein neuer Lebensraum – eine
neue Welt geschaffen werden.

Der Hang war auch zu dieser Zeit schon recht spärlich
bewachsen.
So erregte eine leicht gebeugte, schlürfend des Weges
gehende Gestalt am Fuße des Hanges,
meine Aufmerksamkeit.
Plötzlich hob der offensichtliche Greis seinen Kopf,
peilte den Hang hinauf – erblickte mich und erstarrte.
Ich riss unverzüglich mein Fernglas an die Augen

und sah...

Auch ich erstarrte – auch mir stockte der Atem.

Ich sah: Ein altbekanntes, interessantes,

nicht alltägliches Antlitz, Statuenhaft, welches,

wie mir scheinen wollte, alles Wissen und alle Weisheit

der Weltenzeit – nicht nur von Jahrhunderten,

sondern von der Ewigkeit ausstrahlte.

Ein ebenmäßiges Greisengesicht mit schlohweißem

Haar – wohl über die hundert Jahre alt.

Würde und Freundlichkeit ausstrahlend,

von tausend Sündenfalten durchfurcht

und dennoch irrsinnig aufregend und anziehend

auf mich wirkend.

Oh ja, ich kannte ihn nur zu gut.

Es war Justin, mein steter Freund und Feind zugleich.

Justin unverkennbar.

Ich hüpfte den Hang hinab – hatte wie meistens

zu viel Schwung drauf und stürzte beinahe

in seine Arme.

„Carla – mein Gott Carla! Du bist es wahrhaftig,

hast noch immer das gleiche Temperament wie früher.

Nun ja, du hast dich stets jung halten können

mit Robbys Hilfe – im Gegensatz zu mir,"

bemerkte er, leicht vorwurfsvoll.

„Kommst du womöglich, um bei mir zu bleiben?"

fragte er, ein wenig hoffnungsvoll.

„Nein, leider nicht, liebster Justin, ich bin sozusagen
nur auf der Durchreise.

„Aber jetzt hast du ja wieder die Möglichkeit,
dich zu verjüngen," ergänzte ich vielsagend.

„Ach – wozu, wenn du nicht bei mir bleiben willst,"
grollte er, dass es bitter nachklang und mich zutiefst
erschütterte.

„Aber Justin mein Freund, geh nicht einfach fort,
bleib noch."

Doch er wendete sich abrupt um und schlurfte weiter
seines Weges. Ein uralter Greis mit plötzlich stumpfen
Augen.

Es tat weh, den einstigen Strahlemann, als klapprigen
Tattergreis zu sehen.

Noch einmal blieb er stehen und wandte sich um.

Dann schüttelte er den Kopf - „Nein - nicht alles
nochmal erleben.

Nie mehr die Zeit zurückdrehen, alles ist endgültig.

Das Gehen ist miserabel, die Beine sind lahm.

Die Augen sind trübe, doch sie würden die einzige
Liebste meines Lebens auch blind erkennen.

Wir werden also nicht zusammen alt werden
und sterben, nun denn.

Jetzt weis ich es sicher. Ich habe nichts großartiges

mehr vor mir.

So werde ich jetzt den Robby aufsuchen,

nicht etwa um mich zu verjüngen,

sondern ihn bemühen, dass er mich augenblicklich

von diesem leidigen Leben erlöst,

wenn ich überhaupt noch die Steigung des Berges

bewältigen kann.

Ach ja," seufzte er den Tränen nahe, ich hatte ein

irrsinnig, langes Leben, überlegte er weiter.

860 Jahre waren es fast, weil da ja diese regelmäßige

Verjüngung stattgefunden hat.

Ich habe alles erlebt, was ein Mensch erleben kann.

Ich hatte viele Frauen, doch nur eine große Liebe,

eine Liebe, die jedoch nie erwidert wurde.

Jetzt ist mein wildes Herz und mein heißes Blut

abgekühlt.

Alles ist nur noch Erinnerung.

Denn da gab es ja stets diese glühende,

erotische Anziehungskraft zwischen der Carla und mir.

Wir erhitzten uns höllisch – erglühten

wie ein ausbrechender Vulkan und verströmten

unsere Lava.

Doch dieses Feuer war längst heruntergebrannt.

Ganz erlöschen jedoch, wird diese Glut erst,

wenn ich die Augen für immer schließe.

Nun will ich sie auch nicht mehr sehen,
denn viel zu oft hat sie mein sehnendes Herz
gebrochen und mich krank gemacht,
am Boden zerstört.
Kopfschüttelnd dachte er an die wilden Küsse
und Umarmungen zurück.
Er hatte den Liebesrausch, trotz besseren Wissens
immer wieder für Liebe gehalten.
Doch es war nichts als pure Lust am Sex.
Ha – wir harmonisierten wundervoll, passten Super
zueinander.
Gleichwohl gab es auch immer wieder Momente,
in denen er sie abgrundtief haste und dem spontanen
Impuls, sie zu erwürgen, widerstehen musste.
Dennoch hüpfte sein dummes, liebeskrankes Herz,
wenn er sie später wieder sah.
„Doch all das ist so viele, viele Jahre schon her,
das ich gar nicht mehr weis,
wann mich zuletzt diese Lust, dieses wahnsinnige
Prickeln in den Lenden überkam,"
seufzte er, während er nach der nächsten Ruhebank
Ausschau hielt.

Nein, solch ein biblisches Alter, gezwungen
zur Untätigkeit, ist nichts für so einen Macher wie ihn,
einen Weltverbesserer und Retter – einen der ständig

Action braucht und eine supersexy Schönheit,
wie er sie sah, auf ihn wartet.
Nein – nein, gewiss war sie kein schäumendes Sexy
Luder.
Er, nur er hat sie bisweilen so sehen wollen.
Glühte sie nicht unnatürlich fiebrig, als er sie eben
gerade erst sah?
Gleichsam wusste er schon immer, dass seine sexy
Geliebte, in Wahrheit einen anderen liebte,
mit dem er sie ewigteilen würde.
Nein und nochmal nein – eine Fortsetzung,
als ewigen Ersatz und Lückenfüller,
wollte er nicht mehr abgeben,
obgleich sie auch die köstlichsten Stunden
seines Lebens füllten.
Also würde er noch heute versuchen mit seinen alten,
steifen Beinen den Hang zu erklimmen,
um den Robby, den Zeiten – Lebenslenker und Künstler
aufzusuchen, auf das der ihn sanft
in die Ewigkeit – das Nichts befördert,
bevor dieser Wundergnom wieder verschwunden ist.

Wenn ich jemals wieder in meine Zeit gelange,
werde ich den bekloppten Zeitenroboter,

der vermutlich an Altersdemenz leidet,
sogleich wieder fortschicken, dachte ich ungeduldig.
So mag er sich mit dem alten, gebrechlichen Justin
versöhnen – ihn verjüngen oder in die ewigen
Jagdgründe befördern.
Das jedoch später…

Der eitle Roboter
„Also Robby, nun los, komm in die Gänge,
fahr uns zurück – zurück in der Zeit – in die Zeit.
Es dürften wohl gut 50 Jahre, also sind exakt
51 Jahre zurückzulegen.
Wenn Justin sich 51 Jahre nicht mehr verjüngen
konnte, wie er sagte, oh, dann ist es sehr,
sehr nötig, denn dann ist er schon weit
über die hundert Jahre.
„Wenn du das jedoch nicht schaffst, dann, dann…
ach, ist mir egal was dann ist." fauchte ich grantig,
um dann gemäßigt fortzufahren.
„Nun ja – auch wenn es heute nicht mehr
als nur 30 Jahre zurück geht.
Irgendwann werden wir die richtige Zeit treffen.
Herr Gott – dann soll es mir egal sein,
was für einen Kopf du trägst," ergänzte ich.
„Du hast halt einen gewaltigen Knacks im Hirn,
also setz dein letztes bisschen Grips in Bewegung,"

spöttelte ich.

Meine Güte, auf was für einen Nichtsnutz

habe ich mich da nur eingelassen?

Versuchte ich ihn aufzurütteln und maß ihn unwillig.

„Aber was machst du da, du Hirnamputierter,

was suchst du an der hohen Taste? Die für die Zukunft!

„Dort geht es Abwärts," fauchte ich,

bibbernd vor unterdrücktem Grimm.

„Du musst mich erst hinauslassen, ehe du wieder

in die Zukunft fährst."

Oh mein Gott, ich glaube er hat nichts verstanden.

Ich werde noch wahnsinnig mit diesem verblödeten

Eisenklotz.

Der hat tatsächlich seinen Kopf, samt seinem Hirn

eingebüßt.

Wütend nahm ich seine Greifhand.

„Dort geht es Abwärts, siehst du das nicht?

Aber nicht gar so schnell, sonst überspringen

wir unser Ziel.

Nun lass mich schauen."

So trat ich in das Jahr 2022 - stellte ich fest.

Denn aus einem offenen Fenster, hörte ich zufällig

die aktuellen Nachrichten.

Also 2022 ist durchaus keine angenehme Zeitspanne.

Oh je, diese wenigen Nachrichten genügten mir,

um sogleich wieder die Flucht zu ergreifen.

Krieg in der Ukraine – aber wieso so plötzlich?

Hat Putin sie einfach überfallen und angegriffen?

So müssen sie sich nun wohl wehren.

Das jedoch erfuhr ich erst später genau.

Zudem könnte ich mich mit dem zurzeit hier

kursierenden Corona Virus anstecken,

so träge ich es womöglich unnötig früh in unsere

und andere Zeiten.

Also eile ich zurück zu Robby,

bevor der weiteren Unsinn verzapft, jeder Fehler

kann fatale Folgen haben.

„Und nun noch ein paar Jahre zurück.

Aber sachte Robby, nun sind wir nicht mehr weit

entfernt, nur noch wenige Jahre.

Mein Beutel steht direkt vor der Höhle,

das dürfte nicht zu übersehen sein!

Hast du mich verstanden? Du Totenkopfmonster!"

Halt! – halt jetzt an.

Ich habe das Gefühl – ich glaube jetzt…

So öffne doch hurtig das Tor!!!" brüllte ich,

beinahe hysterisch.

„Oh Robby wir sind richtig, wir haben es geschafft,"

jubelte ich.

Ich packte den Robby übermütig,

ja gar euphorisch und schüttelte ihn im Überschwang
der Gefühle.

Doch ehe ich losstürmen konnte, sah ich mit Entsetzen
den maroden Totenschädel von Robbys stählernem
Halsgewinde knackend abbrechen, hinabfallen
und am Boden zerschellen.

Jetzt war eingetreten, was ich von Anfang an
befürchtet hatte.

Ach – herr je, nun war er wirklich kopflos,
dieses arme Mischwesen, ein Hybrid - hockte jetzt
tatsächlich ohne Kopf vor mir.

Ah – warum gerade jetzt? Wo ich solche Eile habe,
endlich meine Zeit zu erreichen – so kurz vor dem Ziel.

Glücklicherweise hatte ich meine Zeit
geradeso erreicht.

Wie nötig hätte ich jetzt ein Bad,
sowie ein deftiges Mahl und welch ein quälender Durst
mich plagte, als käme ich direkt aus der Hölle.

Aber kam ich nicht direkt aus der Hölle?
Nicht nur meine Augen brannten wie Feuer,
auch Arme, Hals und sicherlich mein Gesicht
waren krebsrot verbrannt.

Gott sei Dank hatte ich das echte Roboterhaupt
längst entdeckt und beherzt mit einem mystischen

Gefühl von Unwirklichkeit ergriffen
und zaghaft betastet.
Die skurrile Tatsache, meinen Roboterfreund
kopflos zu wissen, setzte mir arg zu und drängte mich
zur Eile, diesen paradoxen Zustand zu beenden.
So mühte ich mich redlich ab, das kastenartige Vehikel,
auf das schadhafte Gewinde,
also auf Robbys imaginären Hals zu drehen.
Tatsächlich war es möglich „Es" wie einen
Verschlussdeckel fest zu schrauben.
Ich wandt all meine Kräfte an, denn dieser letzte
Freundschaftsdienst, sollte für ewig sein
und die Ewigkeit dauert lange.
Zu meiner größten Verwunderung hatten im selben
Moment die großen leuchtenden Kulleraugen wieder
den ursprünglichen Kontakt,
Robby konnte zu meinem Vergnügen, wieder mit den
Augen rollen und blitzen.

Zwei scheußliche Tage verloren.
Zwei grässliche Tage, auf die ich gern verzichtet hätte.
Ach, was sind schon zwei Tage Hölle im Leben,
wenn danach das Leben wieder Lebenswert ist.
Jetzt stand meine fieberhafte Suche nach dem Schloss
am See und viel mehr noch nach dem Schlossherrn
auf dem Programm.

Vieles was ich eigentlich wissen müsste,
ist aus meinem Kopf verschwunden, vermutlich durch
den schlimmen Sturz im Gebirge verschüttet.
Das dieses alles nicht nur Einbildung - Phantasterei ist,
habe ich ja unterdessen erlebt.
So habe ich den Berg mit der Zauberhöhle und Robby
den ominösen Gnom aus Chrom und Stahl – den nun
leider völlig irre und übergeschnappten Zeitenlenker,
der jedoch seit geraumer Zeit seinen Job
nicht mehr exakt ausführen konnte.
Robby, einst ein Genie mit Superhirn und unglaublicher
Macht über Zeit – Raum und Leben ausgerüstet.
Robby, das mächtigste Wesen des Universums,
glaubte ich bisher.
Doch sollte er nun seinen übermächtigen Genus
eingebüßt haben?
Oder musste sich sein verwirrtes Superhirn
in dem neuen – alten – ursprünglichen Haupt
erst wieder neu eingliedern.

Kap. 13 Der Teufel sitzt im Detail

Traurig was aus dem mächtigen Zeitenlenker
geworden ist.
So konnte er bislang stets immense Entfernungen
durch das All und die Zeit in wenigen Augenblicken
überwinden – konnte das Universum ohne großen
Zeitaufwand queren.
So konnte er unendliche Dimensionen in Stunden
passieren – sozusagen die Zeit überlisten.
Ebenso vermochte er gewisse unliebsame Zeitspannen
zurück zu spulen und somit eine gewünschte
Verjüngung herbeizuführen.
Was ist schon Zeit, wie armselig kurz
ist ein Menschenleben, kürzer als ein Augenblick,
gegen die Ewigkeit.

„Bleib doch bei mir, so wirst du die Unsterblichkeit
erlangen." Sagte Robby, mehr als einmal zu mir.
Ich jedoch wollte viel lieber, auf dem einmaligen,
wunderbaren blauen Planeten – unserer aller Mutter
Erde, mein Lebensglück finden.
Was nützt ein langes, aber unausgefülltes Leben?
Gegenwärtig jedoch versank Robby für mich
in der Bedeutungslosigkeit.
Was kümmerte mich jetzt die unendliche

Unsterblichkeit und Robbys Verrücktheiten, einzig die
Gegenwart zählte derzeit.

Ich könnte irgendwelche Passanten nach dem
Schlossherren fragen.
Doch gäbe es keinen, wäre das für mich,
wie ein Schlag ins Gesicht und für den Befragten
eine Lachnummer.
Der erste Passant, den ich auf dem Waldweg traf,
war ein Vertrauens erweckendes Väterchen.
Der würde mich gewiss nicht auslachen,
wenn ich naiv nach dem Schloss vor dem Elfensee
fragte.
Denn plötzlich war mir eingefallen, dass man ihn
früher, viel früher den Elfensee nannte.
Damals konnte man ihn nur auf
verborgenenGeheimwegen erreichen.
Denn ihn umgab ein riesiges, mystisches Sumpfgebiet,
in dem etliche Mutige versanken und auf immer
verschwanden.
Das jedoch war in der Bronzezeit.
Ich allerdings wusste damals den geheimen Weg.
Justin in seinem steten Wissensdrang,
hatte ihn natürlich schnell erkundet.

Dort waren wir ungestört.
Während mein Kidnapper, also mein räuberischer
Entführer – der Räuberhauptmann Ture,
vor eifersüchtigem Groll überkochte.
Der jedoch brachte es nicht über sich,
mich später strafend zu züchtigen.
Oh – wir haben viel zusammen erlebt und erkundet.

Die Antwort des Alten auf meine Frage
nach dem Schloss, schockte mich ein wenig.
„Du machst mir Spaß Prinzesschen,
ja freilich kenn ich die Märchenschlösser,
aber welches soll es denn sein, wo dein Prinz auf dich
wartet?
Meinst du das Schloss von König Drosselbart,
oder das von Dornröschen – vielleicht aber auch
des Geisterschloss von Dracula, ha ha.
Ich fühlte mich verspottet und lief kopfschüttelnd
weiter.
Eins wusste ich sicher, ich musste mich weiterhin
strikt östlich halten, wenn es dieses Schloss
wirklich noch gab.
So durchquerte ich zunächst einmal das erste Dorf,
welches mir merkwürdig vertraut erschien.
Gab es da nicht ein Anwesen,
in dessen Garten eine entzückende, golden

gestrichene Laube prangte,
die verschüttete Erinnerungen in mir,
an einen reizenden Knaben, Namens Wolfgang
und einen liebenswert, lyrischen, charmanten
Schönling wachrief?
Mein Gott wie hieß er doch?
Und der Knabe, der Wolfgang, war das nicht Günters
Ebenbild – ja gar sein Sohn?
So war er vermutlich auch mein Sohn? erschrak ich,
bei dem Gedanken.
Aber was tat er in diesem Haus hier?
Ach, all das ist so lange schon her – wohl
um 18 hundert.
In meinem Hirn jedoch ist kein lebender Sohn
registriert, eher schon ein Ziehsohn.
Ja der liebe Wolfgang ist noch immer lebhaft in
meinem Kopf, mit 4 – auch noch mit 14 Jahren mit 20
auch mit 30 und 40 Jahren.
Ist er nicht einst von einem - für mich bestimmten Pfeil
getroffen, durchbohrt und so elendig
zu meinen Füßen gestorben? während der Pfeil
aus seiner Brust ragte.
Eine entsetzliche Bluttat, die mich noch immer,
als Albtraum heimsuchte.
Ah - ja, jetzt sehe ich ihn bildlich vor mir,

den schokobraunen Wuschelkopf mit Günters Mund
und ein wenig seinen Augen.
Ein liebenswertes Kerlchen, das mit fünf Jahren
kindlich und bereits mit dreizehn
Jahren stürmisch – hoffnungslos in mich verliebt war.
Was ihm nur Unglück, bis in den Tod brachte.
Doch auch ihn gab es möglicherweise
gar nicht wirklich, denn er ist in der Parallelwelt
um 1869 geboren und dort aufgewachsen.
Das fiel mir plötzlich ein, als ich das vertraute Dorf
verlassen hatte und längst munter auf der Landstraße
marschierte.
Bald erreichte ich den nächsten Ort.
Sollte ich nicht besser ein Taxi nehmen,
welches mich direkt an den gewissen See
bringen würde? Überlegte ich, als ich das nächste Dorf
passierte.
Ach, ich bin gerade so gut in Schwung,
so werde ich auch noch das nächste Örtchen erlaufen.
Dort werde ich mir in einer Pension ein Zimmer
mieten.
Von dort aus konnte es nicht mehr weit sein
bis zu dem Schlösschen vor dem See,
wenn mir dort nicht König Drosselbart entgegentritt,
ha ha.

So kann ich ausgeruht, frisch und munter Ausflüge
zum See machen.

Somit dürfte das jetzt die letzte Etappe meines
ungewissen Weges sein.
Mehrmals hielt ein Wagen neben mir,
zwecks einer Einladung – als Beifahrerin willkommen
zu sein.
Ich jedoch war stets zurückhaltend und argwöhnisch
aus langer Erfahrung – mich auf solch eine zwar
bequeme, gleichsam aber fragwürdig, heikle Partie
einzulassen.
Herr je, wenn doch mein Hirn - mein Gedächtnis
endlich wieder normal arbeiten würde,
dann wüsste ich genau, ob nur noch 1 oder 2 Orte
zwischen mir und dem Schloss lagen.
Wenn es denn überhaupt existierte und nicht
ein gänzlich anderes war

Hier in dem Ort fand ich eine solide Pension
mit gut bürgerlichem Flair, wo ich abschalten
und zur Ruhe kommen, so wie neue Zuversicht
schöpfen konnte.
Nach einem ausgiebigen Schlaf, einem späten üppigen
Mittagsessen und einem Sack voll Hoffnung,
machte ich mich erneut auf den Weg,

der nun bald ein gutes oder schrecklich
enttäuschendes Ende nehmen sollte.
Woher wusste ich denn, ob mein Liebster nicht längst
eine andere Liebste hatte?
Tief in Gedanken versunken, trabte ich meinen
eintönigen Weg zwischen den frisch bestellten Feldern,
als wieder ein Motorrad hinter mir hupte
und dann mit quietschenden Reifen neben mir bremste
und abrupt neben mir hielt.
Ach du schreck, war das nicht der junge Dennis?
Suchte er mich etwa immer noch?
Herr je, der hat mir gerade noch gefehlt, ärgerte ich
mich.
„Aber Carla, was trampst du denn so allein in Gottes
einsamer Natur.
Ich hätte dich doch gleich an dein Ziel fahren können!"
ergänzte er verständnislos, während er fix
seiner Maschine entstieg und sie lässig aufbäumte.
Als von der anderen Seite ein Wagen nahte.
„Ach lass mich doch bitte endlich in Ruhe,"
rief ich, trügerisch laut
und streckte gestenreich – wie abwehrend meine Arme
von mir.
Welches freilich den gewünschten Eindruck
einer handgreiflichen Belästigung erwecken sollte

und mir auch gelang.

Denn der entgegen kommende Wagen hielt ebenfalls.

Ein älterer Herr und eine resolute Frau sprangen
aufgebracht aus dem Auto.

„Lass gefälligst die Dame in Ruhe, Rockergesochse,
so mach dich schleunigst davon sonst…"
warnte der Herr mit geballter Faust in der Tasche.

Während die Frau kämpferisch den Zeigefinger hob,
mit den Worten: „Elendes Rockerpack."

„Oh vielen tausend Dank für ihre Wachsamkeit.

Aber ich wäre gewiss nicht dort auf den Sozius
gestiegen," entgegnete ich, der erregten Dame,
dankbar lächelnd über den Arm streichend.

„Sie sollten auch nicht allein auf der einsamen
Chaussee herumlaufen.

Steigen sie lieber ein in unsere bescheidene Kutsche.

Wir bringen sie, wohin auch immer sie wollen,"
tönte der offenbar frühergraute,
wohl 60-Jährige mit markanten Zügen,
ein wenig verlebt aussehend,
wie ein sündiger Lebemann. Und sie – eine Puffmutter?

Nun ja – entweder ein Gaunerpärchen
oder sie gehören der unteren verrufenen Schickeria an,
dachte ich, als ich das aufgetakelte,
geschönte Dämchen sagen hörte:

"So lass die Dame nun ihren Weg gehen.

Es sind doch nur noch hundert Meter bis zum Ort.

Ach, er muss immer so aufdringlich sein,

meint über alles wachen zu müssen

und stets den Charmeur spielen," fügte sie,

an mich gewandt, hinzu.

Kaum war der Wagen meinen Blicken entschwunden,

gerade tat ich die ersten Schritte in das Dörfchen,

als ich erneut einen bekannten Motor aufheulen hörte.

Plötzlich war er wieder neben mir,

Dennis mein hartnäckiger Verfolger.

Er packte mich grob am Ärmel,

während er böse grinsend hervorstieß. „Ah – jetzt wird

es mir langsam klar.

Jetzt weis ich was dich ausgerechnet hierher zieht.

Der edle Graf ist es, der dir gut genug ist

und dir im Kopf gaukelt.

Nun ja, es sollte mich nicht wundern,

wenn du sein kaltes Herz gewinnen kannst.

Obgleich man redet, dass er sich den Weibern

abgewandt hat, denn er verschmäht mittlerweile

alle Frauen."

„Schon möglich, vielleicht interessiert er mich wirklich

mehr als du," erwiderte ich und fügte stockend hinzu.

„So vergiss mich ganz einfach, vergiss ganz einfach

unsere einzige Nacht, sie hatte nichts zu bedeuten.
In Wahrheit hast du nur wieder gut gemacht,
was du und deine Kumpels mir eingebrockt hatten.
Jetzt sind wir Quitt…
Nun lass mich meiner Wege gehen," endete ich.
Ich wendete mich ab, um unbeirrt meinen Weg
weiterzugehen.
Doch der gekränkte Dennys, konnte es nicht lassen,
mir noch eine böse Bemerkung nachzuschicken.
„Ha, bei dem Grafen wirst selbst du auf Granit beißen
und reuig zu mir zurückkommen.
Aber vielleicht will ich dich dann nicht mehr,"
hörte ich ihn, mir noch dramatisch nachrufen,
bevor ich zum letzten Mal seinen Motor höhnisch –
wie mir scheinen wollte, aufheulen hörte.
Ich hielt mir die Ohren zu und lief noch schneller
dem Ortsausgang entgegen.
Bis ein Schild hinter dem Zaun meine Aufmerksamkeit
erregte.

Fremdenzimmer

und gutbürgerliche Küche.

Das war es, was ich jetzt brauchte, bevor ich womöglich

ins kalte Wasser tauchte oder mir der Boden
unter den Füßen schwand.
Eine gute Mahlzeit zunächst, dann ein frisches Bad
und eine Mütze voll Schlaf, ehe ich mich immer weiter
zur Höhle des Löwen wagte.
Denn von hier aus kann ich dann ausgeruht
und bequem, jederzeit meine Streifzüge ausdehnen
und zurückkommen.
Meine wenigen Habseligkeiten, die ich zwei Orte
vorher in dem Fremdenzimmer zurückgelassen hatte,
konnte ich im günstigen Fall,
entweder später nachholen, sollte aber meine Mission
misslingen und ich zum Rückzug gezwungen sein,
würde ich sie wieder vorfinden und benötigen.

Doch den Rest des Tages jetzt zu vertrödeln,
fiel mir gar nicht ein.
So machte ich mich wenig später erneut auf den Weg.
Die landschaftlichen Eigenschaften und Gegebenheiten
müssen ja wohl vorhanden sein, da wo sie immer
schon prangten.
Personen hingegen sind recht fragwürdig,
denn sie vergehen, verschwinden einfach,
falls sie kein Teil der Geschichte sind,
dachte ich verzagt.
Dennoch werde ich nicht aus Feigheit

oder Enttäuschung aufgeben und jammernd
davonlaufen.
Ich ging dem bewaldeten Hügel entgegen,
träumte vor mich hin und achtete nicht weiter
auf den Weg, noch auf die Zeit.
Als ich doch tatsächlich in der Ferne auf einer Anhöhe,
wie in Wolken schwebend, die Konturen
eines verträumten Märchenschlosses erblickte.
So sah ich natürlich zuerst nur die kunstvollen
Türmchen.
Alles erschien im Moment wie eine Fata Morgana.
Als ich die Türmchen sah, wusste ich augenblicklich,
dass in einem dieser architektonischen Wunder,
einst mein absoluter Lieblingsplatz war,
ein Raum, von dem aus ich in alle Richtungen
sehen konnte.
So existierten also meine verborgensten Träume
wahrhaftig - gewannen Form und Farbe.
Denn alles erstrahlte im goldenen Abendschein,
blendete meine Augen, so dass ich sie
für einen Moment überwältigt schließen musste,
welch göttlicher Anblick.
Bebend vor Ergriffenheit erhob ich mich,
wollte diesen einmaligen Anblick im Herzen behalten
und verarbeiten.

So werde ich ein paar Tage das Schloss
und die Umgebung beobachten.
Morgen oder übermorgen würde ich wiederkommen.
Ich werde so lange aus der Ferne schauen,
bis ich endlich den Mut aufbringen
und an das große Schlossportal, schellen oder es gar
durchschreiten würde.
Bei diesem Gedanken jedoch, beschlich mich
quälendes Unbehagen.
Dort konnte mein Hoffen und Träumen
sich als Mythos - als übersinnliche Fantasterei
erweisen.
So würde mir alle Lebensfreude, Mut und alle
Hoffnungen geraubt.
Nicht auszudenken, wenn dort plötzlich eine fremde
Person anstelle des Grafen, mich misstrauisch nach
meinem Begehren fragen würde.

Das wäre das Ende meines abenteuerlichen,
wilden Lebens.
Das würde mich aus meinem außergewöhnlichen
Dasein in den Abgrund der Bedeutungslosen
Tristesse stürzen.
Danach würde mein Weg unweigerlich zur Berghöhle,
dem Zeitkanal, zu Robby, dem Herrn über Zeit – Leben
und Unzeit führen.

Er könnte doch wahrhaftig, augenblicklich mein
unglückliches Leben beenden – mich in die
Zeitlosigkeit, die es ja für den Menschen nicht gab,
befördern – mich – meinen Leib somit auflösen.
Aber würde meine Seele dort, je zur Ruhe kommen?
Doch all das zählte zu einer besonderen Esoterik,
die ich nicht verstand.
Nach all dem Erlebten in verschiedenen
Jahrhunderten, den vielen veränderten Epochen,
von denen mir leider nur noch Bruchteile
in Erinnerung waren.
Am unfassbarsten jedoch - auf dem Zukunftstrip,
wie auch mit dem Eintauchen in die Urzeit,
war das unsäglich grausamste Gefühl: Als einziges
Lebewesen des blauen Planeten – am Anfang
der Schöpfung, wohl bald nach dem berüchtigten
Urknall – sich vor der dampfenden Ursuppe
zu befinden, sowie das entsetzliche
Ende zu erleben.
Somit war ich auserwählt oder verdammt,
den Beginn der Schöpfung so wie das schreckliche
Ende erleben zu müssen oder dürfen.
Die totale Apokalypse, ausgelöst und verursacht
durch verheerende Vulkanausbrüche,
Giftwolken bildend, einhergehend mit lähmender

Dunkelheit, alles Leben, wie auch die Vegetation
vernichtend.
Aber wie oft schon, sah ich die Erde vernichtet
und immer wieder ist neues Leben
auf ihr entstanden – neue Arten.
Allerdings benötigte all das lange Zeiten,
um neue Evolutionen erstehen zu lassen.
Ebenso gaukelte in meinem Hirn noch immer
das Eintauchen in die uralte Vorzeit,
Die Steinzeit - die Bronzezeit, wie später das Mittelalter
sowie 18 bis 21 Hundert.
Zu allem Übermaß jedoch das Ende
der Welt, ausgelöst durch verheerende Brände
sowie übermäßiger Hitze – der Erderwärmung,
war das auch die totale Apokalypse.
So gelang dennoch einem mutigen unermüdlichen
Weltenretter und Weltverbesserer, dem Justin,
zunächst ein bescheidener Neuanfang.

Diese neue Zeit, welche ich als die falsche Zeit
bezeichnete, denn alles war aus früheren Zeiten
geklaut.
Nicht nur die Saat, das Vieh, sondern gar die
Menschen, welche größtenteils aus dem Mittelalter,
vor Krieg, Hungersnot, Unterdrückung,
Versklavung, Pest und Cholera bestanden,

welche er vor dem sicheren Tod errettete.

Ganze Völker – bedauernswerte geschundene

Kreaturen, die dankbar waren, ihr Leben lang

und Generationen weiter, ihrem Erretter und Befreier

zu ewigem Dank und Demut verpflichtet

und was die Alten betrifft - hündisch ergeben.

Freilich benötigte Justin der Neugestalter und Bauherr,

jegliches Baumaterial, denn am Anfang gab es nichts,

keinen Baum noch Gesträuch.

Diese Zeit jedoch währte wohl kaum

mehr als 200 Jahre.

Die Erde war alt, abgenutzt und erhitzt,

als kreiste sie in einer anderen Spur – als befände sie

sich der Sonne näher.

Günter.

Auch heute saß er schon Stunden in seinem hellen

runden Turmgemach, hoch über den Dächern.

So war es ein Raum, aus dem er die Felder,

den Wald, das nahe Dorf und nicht zuletzt den Park

und die neue Bank – die überwiegend

von Liebespärchen, seltener von müden Wanderern

genutzt wurde, überblicken konnte.

Heute jedoch – war es eine Sinnestäuschung?

Heute saß dort eine einsame Frau, nicht irgendeine,

ein berauschender Anblick.
War das nicht Sie? Aber ist das denn möglich?
Warum kommt sie nicht zu mir,
wenn sie es wirklich ist?
Aufgeregt, mit zittrigen Fingern, presste er das Fernglas
noch fester an die Augen.
Ohne Zweifel, sie war es, seine Traumfrau.
Nicht nur die Frau seiner Träume,
sondern seine wahrhafte liebste Kameradin,
ja gar seine Angetraute vor Gott.
Eben hab ich das Glück gesehen, oh welch
ein wunderbarer Tag.
Denn sie ist es, mein Mädchen – mein Lebensglück.
Doch wie flüchtig es ist.
Oh Gott, wie sollte er sie halten.
Der Stufen nach unten waren es zu viele,
der Weg durch die Hallen, den Hof und dem Park,
war viel zu lang.
Gebe Gott, sie möge so lange geduldig warten.
„Oh lieber Gott, so lass sie nicht gleich wieder
verschwinden, wie eine Fata Morgana."
flehte er, während er die unzähligen Stufen hinab
hüpfte und über den Hof eilte.
Atemlos keuchend, sprintete er über die Wiese
hinter dem Park.

Ein Blick voraus, zerstörte all seine Hoffnung,
sein Traum erstarb: Die Bank war leer.
Die Sonne erlosch, ein schwarzer Schatten senkte sich
wie ein Riesenvogel über ihn.
Zweimal noch sah er sie,
so nah und doch unerreichbar.
Alles war vorbei, noch ehe es begonnen.
Sein Groll war unerträglich.
So schalt er sich selber einen Versager – ja einen
Idioten.
Indes hatte er sie schon mehrere male gesehen
und hatte sie nicht erreichen können,
so war und blieb sie für ihn flüchtig wie ein Traum.
Es war ihm nicht möglich, sie zu erreichen,
um das Glück festzuhalten.

Dieses Mal hielt er nicht mehr im Turmzimmer wache.
Heute war er bestens gewappnet.
Heute stand er vor einem Oberlicht in der Halle,
so konnte er augenblicklich los sprinten,
wenn er sie sah, doch er wartete vergebens.
Erst nach zwei endlos langen Tagen
erschien sie wieder.
Aufgewühlt, sah er sie wieder auf der Bank ruhen.
Sie schien erschöpft oder niedergeschlagen,
denn sie hatte die Augen geschlossen – träumt wohl

von ihrem Liebsten, den es nicht gab.

Augenblicklich lief er los – brauchte keine Treppen bewältigen, nur die drei Stufen vor dem Portal.

Er querte den Garten, erreichte den Park.

Wie lieblich dieses Engelsgesicht.

Er verlangsamte seinen Schritt, wollte sie nicht erschrecken.

Hingerissen von ihrem Anblick,
verweilte er überwältigt.

Wie märchenhaft, mystisch, ja geradezu überirdisch!

All die Fotos und Gemälde von ihr
in der Halle und in seinen Gemächern,
schienen nur eine billige Nachahmung - schön zwar, doch öde – leblos zu sein.

Dieses entzückende Wesen hier, war wirklich, übersprudelnd von Leben, wie er gleich feststellen sollte.

Schritt um Schritt näherte er sich ihr zaghaft – kam ihr immer näher.

Plötzlich riss sie die Augen auf,
sah ihn urplötzlich so dicht, nur ein paar Meter entfernt vor sich und rannte los.

Kap. 14 Ein Kerl wie ein Baum

Stattlich – attraktiv – ein totaler Hingucker,
ein unglaubliches Charisma ausströmend,
einfach umwerfend.
Göttlich, auch in T-Shirt und Jogginghose,
registrierte sie in wenigen Sekunden.
Nun ja, aus der Sicht Verliebter, ist das Objekt
stets untadelig.
Ja so ist er und kein bisschen überheblich,
noch eingebildet mein Liebster, eher bieder
und bescheiden.
Oh, wie gut ich ihn kannte, war er doch ein Teil von mir.
Doch plötzlich war alles wieder da: 600 Jahre
alle Höhen und Tiefen, so viele Jahre geballtes Leben,
mit und ohne ihn.

Ein Seufzer – nein vielmehr ein befreiender Aufschrei,
während sie hastig aufsprang - aus Furcht
oder Entsetzen.
Furcht vor mir?
Oh je, sie will doch jetzt nicht etwa vor mir
davonlaufen?

Sieht womöglich einen Unhold in mir.

Doch sie lief keineswegs vor ihm davon.

Oh nein, im Gegenteil.

Wie gejagt stürzte sie los, stürmte auf mich zu.

Ich konnte es kaum glauben.

Oh weh, sie stolperte in der Hetze.

Doch mit einem beherzten Sprung, konnte ich sie noch auffangen und halten.

Keuchend fielen wir uns in die Arme,

welch ein unbeschreiblich, köstlicher Moment,

wir drückten uns wie Ertrinkende - Oh du süßes betörendes Gift.

Ein lautes befreites Aufatmen, wie ein erleichtertes Jauchzen.

„Endlich – endlich," stießen beide halb weinend,
halb lachend hervor.
Er verlor sich in ihren Augen, es gab nur noch sie,
seine Augen erstrahlten wie verzaubert.

Er drückte mich so fest an sich,
dass ich seinen Herzschlag – sein Blut kreisen spürte.
Doch plötzlich löste er seinen Druck,
denn etwas war zwischen uns - war ihm unerklärlich.
Er musste alles jetzt wissen,
bevor er im totalen Glückstaumel schweben
und versinken konnte.
So schob er mich auf Armeslänge von sich,
sein Blick durchbohrte mich, um sodann,
stockend zu fragen: „Aber sag Liebste,
warum hast du mich verlassen damals und wo warst du
nur so lange – die ganzen vielen Jahre?"
„Ach ich war krank, man hat mir meine Persönlichkeit,
mein „Ich" genommen.
Mich permanent unter Drogen gesetzt.
Aber das ist doch jetzt völlig unwichtig,"
säuselte ich und griff nach seiner Hand,
während er mit eisernem Griff meine Hand umfasste,
lachend zog er mich mit sich.
Wir liefen wie Kinder durch den Park zu den Wiesen.

Dort gingen wir engumschlungen
wie ein Leib weiter – wollten uns nicht mehr loslassen,

So gingen wir Arm in Arm mit glühenden Herzen
in den feurigen Sonnenuntergang – gingen durch
das Tor zum ewigen Glück.
Die Sonne stand schon tief, als wir noch immer
aneinander geschmiegt durch das Wunderland
taumelten.
Doch die Glücksportion war zu groß, kaum fassbar,
wenn nicht gar flüchtig.
„Ich muss jetzt gehen, gleich wird es dunkel,
mein Weg zurück ist weit," hauchte ich bedauernd.
„Oh nein, nie mehr gehst du,
du kommst mit mir und bleibst, nicht nur bis die Sonne
wieder rot wird, sondern bis ans Ende der Zeit
an meiner Hand, denn nun lass ich dich nimmer mehr

los," raunte er, im Überschwank der Gefühle.
„Oh ja, wenn du mich wirklich noch immer willst,"
wisperte ich, oder dachte ich es nur?

Jonny.

Jonny, der mittlerweile hoch betagte, treue Diener
des Grafen, der freilich das rührige Schauspiel
am Schlosshof beobachtet hatte
und sich mit seinem geachteten Herrn freute,
hatte längst für einen edlen Begrüßungstropfen
aus dem umfangreichen Weinkeller gesorgt.
So stieß er auch selbstverständlich
bei unserem Wiedersehens – Begrüßungsritual
mit uns an.
Dieses Mal schwank er keine großen Reden,
er spürte, dass wir nur noch alleine sein wollten.
„Ach Liebste, ich möchte jetzt nur noch mit dir allein
sein, endlich ungestört dich im Arm halten,"
raunte Günter mir sogleich ins Ohr,
um zu ergänzen, „Ich will dich festhalten
bis der Morgen graut – nein für immer nur du
und ewig dich lieben und beschützen.
Doch eines lässt mir keine Ruhe: Das dir womöglich
ein schlimmes Leid drohen könnte.
Du sagtest, du warst sehr krank,

tatsächlich siehst du recht ausgezehrt,
mitgenommen aus.
Was plagt dich für eine Krankheit Liebste,
dass muss ich jetzt wissen.
Auch sagtest du, man hat dich erst krank gemacht,
dich unter Drogen gesetzt.
War es jemand der dir kein freies Leben gönnte?
Wer aber will dir auf solch üble Art schaden?
Ein Liebhaber der wohl Rache üben wollte!"
ergänzte er, bedenklich den Kopf wiegend.
„Nein – nein, ich wüsste keinen Mann
der mich ausschalten oder gar vernichten möchte.
Eher glaube ich, es ist eine Frau, von der diese Gefahr
ausgeht.
Gibt es denn gar Keine unter deinen früheren
Gespielinnen, die mich hasst?
Denn du wirst ja sicher nicht die ganzen langen Jahre
wie ein Mönch gelebt haben!" schmunzelte ich
augenzwinkernd, um dann fortzufahren.
„So kann es doch eine Dame sein,
der du möglicherweise eine Abfuhr,
anstatt einer Verlobung, erteilt hast?"
„Ja weis Gott, Gespielinnen nennst du sie treffend,"
grinste er.
„Nun ja, tatsächlich gab es da eine besonders

hartnäckige, ja geradezu aufdringliche Anwärterin,
die nur zu gerne Schlossherrin sein wollte,
hieß sie nicht Gloria?
Eine recht begüterte Person, welcher nur noch
der Adelstitel reizte.
Sie hat tatsächlich ständig auf eine Verlobung
und anschließender Heirat gedrängt," räumte er ein,
um sich reinzuwaschen, und sogleich
unbeirrt hinzu fügte:
„Ich jedoch hatte niemals ernste Absichten,
noch je einen Drang nach einer festen Bindung,
ich habe immer nur auf dich gewartet,
was ich ihr wohl klar machte, denn darauf verschwand
sie spurlos," unterstrich er nachdrücklich.
„Möglicherweise könnte es da einen Zusammenhang
geben," bemerkte er und umfasste
mich noch stärker.

Ganz offensichtlich war, dass der Doktor Graf Günter
immer mehr seiner langjährigen Patienten,
einem jüngeren Kollegen überließ, um mehr Zeit
mit seiner Liebsten verbringen zu können.
Was sie freilich sehr freute.
Denn die beiden Liebenden langweilten sich niemals
nebeneinander.
Das spritzige Glücksgefühl, die Wonne

dem anderen nahe zu sein, überwog alles andere.
Auch lange Schweigemomente waren niemals
erdrückend oder gar peinlich.
Allein die Berührung, selbst der Atem des anderen,
verursachten stets ein Prickeln – die gewissen
Schmetterlinge im Bauch.
Doch war es nicht zu viel Nähe, konnte das auf Dauer
gut gehen? zweifelte Günter, wenn er sie in seinen
Armen hielt und wie ein kostbares Kleinod betrachtete,
konnte er sich oft nicht enthalten, zu fragen.
„Sag es mir ehrlich Schätzchen, wenn ich zu sehr
klammere!"
„Nein – oh nein – keineswegs.
Du kannst gar nicht dicht genug bei mir sein.
Jede Berührung von dir ist Balsam für meinen Körper
und die geschundene Seele.
Es ist so, als lebe ich nur, wenn du bei mir bist,"
gurrte ich, in sein Ohr.

Nun waren es nur noch überwiegend Ältere,
meist Angehörige des Hochadels, nahe wie ferne
Verwandte und Privatpatienten,
denen der hochgeachtete Doktor noch immer,
jedoch nur in seltenen Fällen
seine Aufwartung machte.
Nicht nur unser guter Jonny, der den Grafen Günter

schon im Knabenalter beschützte und betreute,
hatte lange schon das Rentenalter überschritten.
So auch unsere treue alte Mamsell
und Wirtschafterin, die gute Seele des Hauses,
auf welche wir jetzt verzichten mussten.
Freilich konnte ich diese Aufgaben selbst übernehmen.
Doch bevor ich mich äußerte, wurde von anderer Stelle
entschieden. So wurde nun umgehend, von wem auch
immer, entschieden.
Was jedoch im Nachhinein keiner wusste,
da es keine allgemeine Abstimmung gegeben hatte:
Das eine neue, sogenannte Wirtschafterin eingestellt
werden sollte.
So glaubte ein jeder, das Grafenpaar persönlich,
hätte diese Einstellung veranlasst oder gutgeheißen.
Keiner wusste so recht, woher sie kam
und was sie den lieben langen Tag verrichtete,
außer dass sie das Personal scheuchte.
Mich kümmerte sie wenig
und meinen Liebsten, den Grafen,
interessierte sie und die Köchin schon gar nicht,
solange der gesamte Haushalt reibungslos ablief.
Die Köchin hingegen, genoss meine volle Achtung
und Sympathie.
So ließ ich sie, wenn auch manchmal stirnrunzelnd

gewähren, auch wenn manches mir nicht behagte.
Damals um 18 Hundert, habe ich die Köche
bevormundet und kritisiert – sie in ihrem Stolz
verletzt und gekränkt.
So ließen sie ihren Frust an den Küchenjungen
und Mädels aus, die es wiederum an die niederen
Putzmädels und Knechte weitergaben.
Wie egoistisch und dumm von mir, erkannte ich im
Nachhinein.
So etwas wird mir nicht wieder passieren.
Mit Güte geht alles besser!

Den Job der Hausdame, also der Wirtschafterin,
hielt ich für überflüssig, hätte ihn ohne Mühe nebenbei
verrichten können.
Doch ich wollte die alte Mamsell nicht Brüskieren,
die diesen Vertrauensjob, als Lebenssinn betrachtete.

Dennoch wäre mir nicht im Traum eingefallen,
die „Neue" infrage zu stellen oder gar zu maßregeln,
obgleich sie mir nicht gerade sympathisch war.
Zumal sie irgendetwas düsteres
in meinem Unterbewusstsein erweckte.
Im vorbei gehen erschien mir ihr Blick recht listig,
um nicht zu sagen – verschlagen…
Nun gut, sie muss ja nicht meine Freundin sein.

Zudem ist alles hier auf dem Schloss
wie ein übler Witz.
Das Personal ist um vieles zahlreicher
als die edle Familie, die nur aus zwei
betagten Matronen und dem Grafenpaar bestand.
Also muss hauptsächlich für die Belegschaft gekocht,
geheizt, Gemüse angebaut, Kühe,
Schweine, Hühner gehalten und regelmäßig
geschlachtet werden.
Was wiederum zusätzliche Arbeitskräfte erforderte.
Wie absurd, dachte ich
und überlegte oft schon: Würden die eigentlich
überflüssigen, unnützen Angestellten,
die Haus und Küchenmädchen sowie Diener,
außer dem Jonny freilich entlassen,
so könnte ich mit Leichtigkeit für uns
selbst kochen und in der Küche nach Herzenslust
werkeln, so wie die Wasch und Spülmaschine
selbst bedienen.
Ebenso würde ich dann unseren Wohn
und Schlafbereich selber in Ordnung halten.
Nun ja, eine Haushaltshilfe zum Bügeln,
Wäsche aufhängen und Putzen, mehr wäre nicht nötig,
da die meisten Räume im Haus,
dann ja nicht mehr bewohnt wären.

Doch besser bequem und des lieben Friedenswillen
ist es angebracht, alles so zu lassen,
wie es schon seit Jahrhunderten war
und bis jetzt ablief.
Warum ist ausgerechnet jetzt eine neue Reform
umzusetzen?
So sollen sie alle ihren Broterwerb weiterhin
bei uns erhalten und sich wohlfühlen
in unseren altehrwürdigen Gemäuern,
dachte ich gönnerhaft.
Die Lehen und Pachten bringen genug Ertrag – noch...

Dennoch behagte mir die neue Mamsell nicht so recht.
Manchmal glaubte ich, sie von irgendwoher
zu kennen.
Da gab es eine gewisse Ähnlichkeit mit...
Mein Gott, mit wem nur?
Aber war jene Person nicht älter, farblos
und dunkelblond?
Gleichwohl war ihr Betragen stets untadelig – höflich,
dachte ich nachsinnend, als aus dem Nichts
auftauchend, Günter seine Arme um mich legte.
„So hör Liebes, nach dem Mittagstisch
mache ich noch einen kurzen Abstecher zu meinem
kränkelnden Cousin, das wird nicht lange dauern,
warte mit der Mittagsruhe unbedingt auf mich,

denk an unsere verzauberten,

verträumten Stündchen – du weißt schon,

die mit dem Schäfer," grinste er verwegen,

mit scherzhaft erhobenem Zeigefinger

und vergiss nicht, morgen muss ich die Spielbank – das

neue Casino einweihen",

rief er mir noch nach und war im nächsten Moment

schon wieder verschwunden.

Ja freilich, was konnte ich Besseres tun, als auf meinen

Liebsten zu warten.

Egal ob wir nun in seliger Dämmerung ruhen

oder uns in erotischen Umarmungen verlieren.

Gloria

Gloria indes von Hass und Neid zerfressen, wartete auf

ihre Gelegenheit.

Denn sie selbst sollte in Wahrheit die Gräfin an seiner

Seite sein.

Er jedoch – hatte sich anders entschieden.

Ihr Blut geriet schon in Wallung, wenn sie ihn im Hof

oder in der Halle nahen sah.

Dynamisch, kraftvoll ausschreitend,

mit dem aufregenden Sexappeal,

erregend bei jedem Schritt.

Ein göttlicher Heros.

Doch er kam nicht zu ihr, kein Blick traf

oder streifte sie auch nur.

Doch wie lächerlich, was nun folgte.

Wie deprimierend, dieses tägliche Theater,

wieder und wieder mit ansehen zu müssen.

Bah - wie er rennt, mit langen Schritten

durch die Gänge eilt.

Zwei Treppenstufen auf einmal nehmend

und dann – ich könnte jedes Mal kotzen,

wenn die beiden – dieses nichtige, aufreizende

Schönchen und der supertolle, charmante,

stattliche Graf, sich wie Teenies in die Arme fallen.

Und dieses alberne Schauspiel,

wiederholt sich jeden Tag, wenn er von seinen Visiten

heimkommt, so als wäre er Wochen

und nicht nur ein paar Stunden fort gewesen.

Mir sollte er gehören...

Ach Gott – warum musste ich mich so unsterblich

in ihn verlieben.

Doch ich werde nie aufgeben.

Letzten Endes wird er mir gehören.

Eigentlich ist es in Wahrheit mehr eine Hassliebe,

die mich beherrscht.

Mir ist längst klar, dass er immer nur mit den Frauen

spielte, nun, so auch mit mir.

Ich aber werde mich böse rächen.

Na warte Bürschchen, du wirst noch kriechen vor mir,
wenn mein perfider Plan funktioniert
und das wird er, dachte sie und kicherte boshaft.

Die Zeit von Günters Abwesenheit, nutzte ich im
Obstgarten, um blutrote, saftig süße Himbeeren
für eine leckere Torte zu pflücken.
Ich hatte meine Schale erst halbvoll gepflückt,
als eine aufgeregte Stimme hinter mir,
mich aufschreckte und aus süßen Gedanken riss.
„Frau Gräfin, etwas schreckliches
ist geschehen, ihr Gatte der Graf ist schwer verunglückt
und in aller Eile in die dortige Klinik gebracht worden.
Nun soll ich sie – Frau Gräfin, schnellstens
dort hinfahren - bevor…"
Hier machte sie eine bedeutungsvolle Pause – ließ das
gesagte erst sacken und wirken.
Ich erfasste nicht sogleich die ganze Tragweite
dieses Gefühlsausbruchs.
So sagte ich zunächst, „Oh je, aber er wollte doch nur
in den Nachbarort!
Mein Gott, aber was ist ihm geschehen?
Ist er schwer verletzt? Oder ist er gar nicht mehr
bei Bewusstsein?"

Worauf sie ungeduldig fauchend den Kopf schüttelte
und mich herrisch drängte.
„So kommen sie doch schon und verplempern nicht
kostbare Zeit.
Alles andere werden wir vor Ort erfahren.
Mein Wagen steht schon bereit," fügte sie hitzig hinzu.
„Ja ich komme sogleich, doch vorher muss ich den
Jonny benachrichtigen."
„Ach der olle Jonny ist gar nicht hier, ihn habe ich
weggehen sehen," ergänzte sie schnippisch.
Worauf sie meine Obstschale auf die Gartenmauer
knallte und mich am Ärmelzipfel faste
und mich mit sich zog, so dass ich ihr zwangsläufig
folgte.
Nun ging alles unglaublich schnell, was danach
geschah.
Erschüttert, halb benommen, hockte ich mich
neben sie auf den Beifahrersitz.
Zunächst sah ich nicht auf die Straße, sah keine Gärten
noch Häuser.
Heiße Tränen verschleierten meinen Blick bis...
„Aber du fährst ja in die falsche Richtung,
Mamsellchen," rief ich verblüfft.
Denn anstatt ins nächste Dorf, war sie in den nahen
Wald gefahren.

In dem Moment schrillten bei mir sämtliche
Alarmglocken.
Oh, wie blind ich war, wieso habe ich das nicht vorher
gesehen?
„Sie" ist es – meine Peinigerin, „Sie" wollte mich
aus den Verkehr ziehen, mich wegsperren,
bis keiner mehr mich vermisst,
womöglich für immer in einer Anstalt im Greisenalter
sterben lassen.
Nun fällt es mir wie Schuppen von den Augen.
Wie schnell kann man sich heutzutage verwandeln.
Wie schnell sind die Haare gefärbt, die Frisur
verwandelt, sowie das Gesicht durch eine neue
andere Schminktechnik verändert,
auch tat die Kleidung ihr übriges.
All das ergab einen völlig anderen Frauentyp,
ging es mir in Sekundenschnelle durch den Kopf,
als ich sie, wie zur Bestätigung auch noch spöttisch
sagen hörte: „Bah – glaubt die dahergelaufene,
Möchtegern – Adelsdame, glaubt sie ernsthaft
ich würde sie zu ihrem Gatten führen?
Ha - ich lach mich tot – denn das Gegenteil
werde ich tun.
Ich werde sie fortschaffen, sie wird ihn nie wieder
sehen.

Ha ha, dann hat sie ihn offiziell mal wieder böswillig
verlassen – mag er denken.

Na – soll er das nur denken."

Sie grinste in sich hinein, mit dem herrlichen Gefühl,
ein gut gefülltes Äther Fläschchen in der Handtasche
zu wissen.

„Wie? – was redest du denn," rief ich entsetzt,
„Du machst wohl Witze oder bist betrunken,"
schwächte ich meinen bösen Verdacht – wollte ihn
nicht wahrhaben – als würde es so nicht geschehen.

Sie jedoch zischte nur verächtlich: „Ich war lange nicht
mehr so nüchtern, ha ha."

So dass ich ihr in meinem empört aufschießenden
wilden Zorn, kopflos ins Steuer griff.

Kap. 15 Kein Schäferstündchen

Auch mit über 60 Jahren, freute sich Günter täglich aufs Neue, auf das intime Stündchen mit ihr allein – besonders bei Sonnenschein oder Regengetrommel.

Zur Mittagszeit war es ungewöhnlich still im Hause.
Die stillste Stunde des Tages
nach der allgemeinen geschäftigen Hektik
des betriebsamen Vormittagstrubels.
Nicht anders als in einem Restaurant
oder Hotelbetrieb.
Günter hatte sich ein wenig verspätet.
Sein Patient wollte den netten Doktor,
seinen Cousin nicht so schnell wieder gehen lassen.
Nun denn, ihm blieb noch genug Zeit.
Sicher ist seine Liebste im süßen Schlaf,
wenn er kommt.
Egal – alles ist egal, Hauptsache sie ist da – ist immer
da, nur für ihn, sein Lebensglück, das Ende
seines langen grausamen Traumas.
Wie konnte er jemals ohne sie sein?
Auf Zehenspitzen, mit einem seligen Lächeln
in den Mundwinkeln, schlich er ins Schlafgemach,
um im nächsten Moment enttäuscht und verwirrt
seinen Schritt zu verhalten.
Nanu, warum ist sie nicht hier?
Das Bett war aufgedeckt, doch leer, wo aber ist sie?
In ihrem Nähzimmer, vielleicht wollte sie noch rasch
eine Arbeit vollenden.
Aufgeschreckt eilte er über die Dielen.

Die Tür zu ihrem Arbeitszimmer, stand wie fast immer
offen. Doch auch hier war von Carla keine Spur.

Wenig später erfuhr er von der Köchin, dass auch
die Mamsell verschwunden war.

Von einem aufmerksamen Hausmädchen hörte er gar,
dass Beide, die Mamsell und die wehrte Gräfin
zusammen in aller Eile das Haus verlassen hatten.

Oh je, was hatte das zu bedeuten?

Jonny weiß doch immer alles, was im Schloss
geschieht, dachte der Graf beklommen.

Jonny jedoch, der auf seiner Couch die Mittagsruhe
pflegte, war nicht wach zu bekommen.

Auch das noch.

Ganz bestimmt wurde ihm ein starkes Schlaf
oder Betäubungsmittel verabreicht,
folgerte Günter vorgewarnt.

Ah – verflixt, wo soll er jetzt nach Carla suchen,
wo sie finden? Stöhnte er verzweifelt.

Längst hatte ihn dieses unbeschreiblich – entsetzlich,
düstere Gefühl der Leere befallen, wie früher so oft
schon.

Diese düstere Wolke begleitete ihn vom Aufstehen
bis in die tiefe Nacht, auf allen Wegen – erlaubte ihm
kein Lachen, keine Freude. bis in die Nacht, auf allen
Wegen.

Wenn man jedoch wie Gloria das Schicksal heraus fordert, es ändern will und eingreift, kann es schreckliche Folgen nach sich ziehen.

Kap. 16 Die tödliche Gruft

Nun überschlug sich das Geschehen.

Kollidierte die ganze Welt?

Ein fürchterliches Krachen erreichte kurz

meine Ohren – meine Sinne und erstarb.

Schwärze breitete sich um mich aus – verschluckte

mich.

Die Zeit stand still.

Es gab nichts mehr, kein Oben kein Unten,

keinen Himmel, aber die Hölle.

Die Hölle hat und hält mich gefangen,

war ich mir sicher, als ich im Schummerlicht,

in einer modrigen Schlucht oder Grotte,

nein eher einem Verließ,

wie sie im Mittelalter häufig als Kerker

oder Hungerturm genutzt wurden, erwachte.

Hier wird mich keiner finden,

war mir augenblicklich klar.

Ebenso das mein Peiniger,

wer auch immer mich zu diesem grässlichen Tod

verdammte, sich köstlich an meinem Elend weiden

würde.

Ich jedoch werde nicht jammern und klagen,

noch hysterisch kreischen.

Eher werde ich mich tod stellen und ihr nicht noch

mehr Freude zum Triumphieren gönnen.
Denn schnell war mir klar, wer mich unbedingt
beseitigen wollte.
Gleichwohl vermeinte ich, Sie – diese tückische Gloria,
hoch oben, dort wo der einzige Lichtschein herkam,
höhnisch Lachen zu hören.
Doch würde sie auch diese widerliche Gräueltat
nicht zu ihrem angestrebten Ziel bringen,
oder doch?
.

Ungeachtet ihrer schrecklich entstellenden Wunden,
zudem von unerträglichen Schmerzen gepeinigt,
verlieh ihr der Hass zusätzlich ungeahnte Kräfte.
So dass sie, die zierliche Gräfin, ihre Rivalin,
den Berghang hinauf zu schleppen vermochte,
um sie von Oben in das verruchte Verließ zu stoßen.
Keiner sah die Freveltat, auch ward sie hernach
nicht mehr gesehen.
Angesichts ihrer scheußlich,
entstellenden Narben im Gesicht, nachdem
sie sich aus dem Autowrack gekämpft hatte,
mied sie fortan die Öffentlichkeit.
Sie verkroch sich, ließ sich von ihrem Diener
verleugnen.
So dass sie schließlich auch ihren zuverlässigen,

verschwiegenen Diener heiratete
und das Haus nur noch im Dunkeln verließ.
So erfuhr sie das all ihre Mühe,
gar nicht nötig gewesen, da die Gräfin
mit ihrem Geliebten verschwunden war.

.

.

Ich brach nicht in Tränen und Geheule aus.
Mein Liebster wird mein Verschwinden
sehr wohl als Entführung richtig deuten
und sogleich eine Suchaktion einleiten
und mich schnell finden, redete ich mir ein.

.

Nach drei Tagen und Nächten in dieser stinkenden
Gruft, war ich nicht mehr so zuversichtlich.
Auch kann man nicht 3 Tage und Nächte nur schlafen,
dösen oder träumen.
Immer wieder erhob ich mich, reckte
und streckte mich, machte Gymnastik, sprang und lief
auf der Stelle.
Der Durst plagte mich unerträglich, und ich fror
entsetzlich, die Kälte kroch mir die Beine
und den Rücken hoch.
Indessen war ich mir sicher, dieses Verließ
schon einmal von hoch oben gesehen zu haben.

Damals hatte ich von oben herabgesehen
und großes Mitleid mit den Verbannten – Verurteilten
Männern empfunden.
War nicht auch unser Wolfgang
einst unter den Verbannten?
Oder war es Giesbert oder womöglich der...?
Ach, ich entsinne mich nicht mehr genau.
Wie aber um Himmelswillen,
war er dieser eisigen Hölle entkommen? überlegte ich.
Was hatte er erzählt damals?
Ach Gott, das alles ist schon so unglaublich lange her.
War das nicht in der Bronzezeit?
Dann aber konnte gar nicht der Wolfgang,
der zum Hungertod verurteilte sein.
Wer aber war es dann? Grübelte ich Stund um Stund.
Während ich ständig meine Ohren spitzte,
auf Geräusche und Stimmen lauschte.
Bald würden sie kommen und mich befreien.
.

Doch nach nunmehr vier Tagen
in dieser Gruft jedoch, war ich längst nicht mehr
so Zuversichtlich.
Nach vier Tagen ohne Wasser und Tageslicht, fauligem,
widerlich stinkendem Stroh – dem ekelhaften Geruch
nach Verwesung und Tod, schwand meine Hoffnung.

Mehr und mehr plagten mich die grausamen
Gedanken, in diesem düsteren Grabe,
in den Tod zu gleiten.
Ich fror entsetzlich ohne wärmende Kleidung – ohne
Decke, die Kälte kroch mir den Körper hoch,
während ich meine Beine kaum noch spürte.
So werde ich hier unten ganz allein
mein Leben aushauchen und hier mein Grab finden.
„Wie gerne wäre ich in deinen Armen gestorben,
mein Liebster, wenn ich denn einst sterben muss,"
murmelte ich aufschluchzend.

Fünfter Tag.
Ich spürte keinen Hunger noch Durst mehr.
Meine Zunge war gefühllos, geschwollen
und ausgetrocknet und fühlte sich an wie ein
störender Fremdkörper im Munde.
Verzweiflung war es noch gestern, heute ließ mich
dumpfe Gleichgültigkeit erstarren.
Wann und wer würde, dereinst meine Gebeine
finden? Wenn überhaupt jemals.
Doch auch Träume, so echt, unterbrachen die Tristesse
des Dahinsiechens, Träume wie echtes Erleben.
So döste ich im Halb Koma.
Gerade noch saß ich im prunkvoll geschmückten

Ballsaal an der langen Tafel. Doch dort saß ich allein.
Es war wohl um die 1880.
Mein Gatte Günter war zu einer Hochschwangeren,
blaublütigen Dame, offenbar als Geburtshelfer
beordert worden.

Der Durst plagte mich sehr, nach der fetten
überwürzten Speise, bis mir endlich ein Servierbursche
einen köstlichen, kalten, sprudelnden Trunk kredenzte,
welchen ich hastig hinunterstürzte.

Ja, gerade noch saß ich im Schloss, im Prunksaal
des alten korrupten Grafen.

Plötzlich jedoch, befand ich mich
in einem Luxusschlafgemach, welches überwiegend
aus bunten weichen Kissen bestand,
so wie wohl früher die Liebesgemächer
der Edelkurtisanen ausgestattet waren.
Noch immer plagte mich ein quälender Durst.
Aber warum kümmerte sich keiner um mich,
warum kam niemand her, warum lässt man mich
so dursten?
War ich hier nicht bei dem russischen Fürsten,
der mich teuer von dem korrupten,
durchtriebenen alten Grafen gekauft, also ehrlich
erworben hatte.

Warum aber ist es so kalt und mein Lager so hart,
wo eben noch die weichen Kissen waren?
Instinktiv wollte ich meine Hände bewegen,
sie warm reiben.
Doch das war mir nicht möglich.
Meine Hände waren mir auf den Rücken gefesselt,
meine Beine waren zusammengebunden.
Ich lag wie ein Paket geschnürt,
inmitten übelriechender Individuen,
die ebenfalls gefesselt wie ich, ihren Unmut laut
klagend kundtaten.
Morgen sollten wir auf dem Sklavenmarkt verkauft
oder versteigert werden.
Wobei die exotische, weiße Sklavin mit dem
ungewöhnlich langen platinblonden Engelshaar,
meistbietend, den Piraten des Meeres,
die mich zwar vor dem Ersaufen, aus dem sinkenden
Schiff gerettet, doch gleichwohl gekidnappt
und somit als Handelsware benutzten, ein gutes
Sümmchen erhofften.
Oh, diese Scham und den Groll, welchen ich unter
so manchen lüsternen Männerblicken
auf dem Sklavenmarkt als Ware
zum Betasten empfand, ist unbeschreiblich,
so dass ich wohl vor Empörung in Ohnmacht fiel.

Buh, warum aber ist es so düster
und wieso ist es so entsetzlich kalt?
Oh mein Gott – ein böser Verdacht bewahrheitete sich.
Ich hockte in einem Raumschiff,
allein in einer stählernen Kapsel,
schwebte ich im Raum.
Diese unsägliche Einsamkeit ist nicht
zu beschreiben.
Allein im Universum zu sein, als ich durch eine Luke
den blauen Planeten – unsere Mutter Erde
so deutlich und einmalig,
doch unerreichbar für mich, wie der Mond, Mars
oder die Venus erblickte.
Einsamer kann ein Mensch nicht sein,
als fern des Heimatplaneten in der Galaxie zu treiben.
Mag er auch seinen Heimatstern von der Sonne
angestrahlt leuchten sehen,
so ist es dennoch stets ungewiss,
genau eben jenes lebendige Wundergestirn
jemals wieder zu erreichen und nicht die richtige
Umlaufbahn zu verfehlen und weitertreiben
in den riesigen unendlich Weiten
des Universums - für ewig verschwinden.

Ich riss die Augen auf.
War ich nun wirklich hier – ausgeschlossen

aus dem menschlichen Dasein – verurteilt,
um ewig die Endlosigkeit, wenn auch nur noch
als sterblich leere Hülle zu queren?
Oder war all das nur eine kurze Zusammenfassung
in den Stunden des Sterbens, wenn man langsam
in die andere Sphäre hinübergleitet.

Oh – oh, was ich so alles erlebte, reicht für 10 Leben.
Und dennoch sollte „So" nicht mein Ende sein.
Doch ich spürte längst den zerstörenden kalten Hauch
des Todes.

Die Suche nach Carla lief sofort an, doch sie gestaltete
sich als äußerst schwierig.
Ihr plötzliches Verschwinden, entsetzte nicht nur
die Schlossbewohner.
Nachdem das Gesinde vernommen war,
befragte man das Personal und diverse Kunden
im nächsten großen Einkaufscenter.
Nein, dort hat keiner die allgemein bekannte Gräfin
in letzter Zeit gesehen.
Freilich fragte Günter im Zeitenkanal nach ihr,
doch vergebens.
Auch Robby konnte ihm nicht weiterhelfen.

Beharrlich durchsuchte der Graf das ganze Umland,
vergebens, wo sollte er noch suchen?

Der anfängliche Verdacht „Sie" könnte möglicherweise
entführt worden sein, verstärkte sich
und nahm Form an.
Doch es gab keine Lösegeldforderung.
So zog er die BKA hinzu.
Ein Suchtrupp der Kripo durchkämmte mehrfach
die Gegend, durchsuchte unbewohnte Gebäude,
Ställe und Schuppen.
Doch selbst der Einsatz von Spürhunden brachte
keinen Erfolg.
Indes die Kripo, die Suche nach der Flüchtigen falschen,
gleichzeitig verschwundenen Mamsell verstärkte.
Der Oberkommissar wurde hinzugezogen.
So sah es der hiesige Inspektor als angebracht,
als erstes den Grafen aufzusuchen.
„Nun Herr Graf, wenn ich ihre Gattin erkennen – sie
finden soll, so muss ich genau wissen, wie sie
ausschaut.
Also...wie sieht sie denn aus? Ist sie blond – braun –
durchschnittlich, eher unscheinbar
oder doch wohl eher recht ansehnlich
als Professoren und Grafengattin?"
grinste der Kommissar, auf eine Antwort wartend.

Denn er ahnte, dass der stets korrekte Prinz
nun seine Selbstbeherrschung verlieren
und ins Schwärmen geraten würde.
„Ja blond, aber nicht wie ein Kornfeld eher Engelhaft
wie Mondschein.

Ach Gott, sie ist unbeschreiblich schön,
da gibt es nicht die passenden Worte,
welche ausreichen würden, sie gemäß zu beschreiben,
denn sie ist wie aeh... schwärmte der Graf sinnend.
,

Um sich sodann mit feuchten Augen abzuwenden
und den Inspektor schulterzuckend zurückließ.
Der jedoch, hätte sich die Beschreibung
des verhexten Grafen sparen können.
Denn freilich hatte er das bezaubernde Persönchen
bei öffentlichen Anlässen, schon oft und stets
an der Seite des Grafen gesehen.
Wobei die wenigsten den Worten des Grafen
lauschten, weil sie in den Anblick des entzückenden
Wesens vertieft waren.
Denn für den normalen sterblichen Bürger
war sie halt nur eine Frau, deren Blick dich nur flüchtig
streift – eine Frau zum Träumen.
.

Dieses verkommene Miststück, wie sie mich
und die anderen getäuscht und belogen hat,
dachte Günter verbittert.
Denn längst war ihm klar, mit welcher

verbrecherischen Energie, er es mit der gewissen
Gloria zu tun hatte.

Die gesamten Ermittlungen ergaben weiterhin nichts,
außer dass beide Frauen zusammen,
wie vom Erdboden verschluckt waren und blieben.
Längst stand für alle Ermittler fest,
dass ein Verbrechen, eine bestialisch perverse
Gräueltat geschehen war.
Aber wie und wo?
So war eine grausame Tötung nicht mehr
ausgeschlossen.
Einzig Günter konnte die schreckliche Vermutung,
sowie die endgültige Tatsache nicht glauben,
sie nicht akzeptieren.
Sie muss noch leben, ich spüre es,
mein Herz wäre mir herausgerissen,
doch es schlägt – genau wie zuvor.
„Sie braucht dringend Hilfe," feuerte er
die ergebnislos verlaufende Suche der wenigen Helfer
der noch Übriggebliebenen, an.
Nun spezialisierten sie sich auf die Suche
in alle Schluchten und Spalten des hiesigen Gebirges.
Verdammt, verdammt – gab es hier
nicht irgendwo in der Nähe dieses gottverdammte
Verließ, in dem so mancher böse Bube verschwand!

Denn das wussten die alten Greise
noch vom Hörensagen.
Doch wo genau es war, konnten sie sich nicht mehr
erinnern.   .

Dieses entsetzliche düstere Gefühl der Leere,
begleitete ihn vom Aufstehen
bis in die schlaflosen Nächte auf allen Wegen.
Ein drittes Mal, suchte der verzweifelte Graf seinen
Freund - den Robby auf.
Ihm konnte er sein Leid klagen.
Ihn in die tiefsten Tiefen seiner Seele schauen lassen,
ohne falsches Mitleid oder gar verborgener
Schadenfreude oder Häme zu erlangen.
„Ach Robby mein Freund, ich komme ein letztes Mal,
ich kann und weis nicht mehr weiter.
Alles ist so sinnlos ohne sie,
ist sie doch ein Teil von mir.
Sie ist mein Leben, wozu noch weiter leben ohne sie!
klagte er leidenschaftlich.
„Ach Junge, denk nicht so negativ, die Carla
ist unsterblich," beinahe,
dachte er – formte sein Hirn tonlos.
„So denk doch nur Junge, sie hatte bereits 600,

teils wunderbare, aber auch schreckliche Jahre
überstanden.
So wird sie doch jetzt nicht kampflos aufgeben,
egal in welchem Loch sie sich befindet."
Wenn Günter sein Hirn anstrengte, aufmerksam
zuhörte, drangen des Roboters Gedanken
in sein Bewusstsein.
„Oh ich danke dir mein Freund,
für diese Aufmunterung, doch wo soll ich sie
noch suchen, wo sie finden?
Ist sie vom Erdboden verschluckt?
Ja ja, da kannst du recht haben, denn in solch
einem verdammten unterirdischen Loch,
einem Verließ hier unter den Bergen,
ist so mancher Bösewicht für immer verschwunden.
Ich selbst habe es leider niemals betrachten
und schon gar nicht erkunden können,
du weist ja: meine Stummelbeine.
So hatte ich leider nie die Möglichkeit,
diese meine Umgebung ausreichend kennen zu lernen.
Jedenfalls nicht mit diesen Fußlosen,
lächerlichen Beinstumpfen,
diesen nutzlosen Metallstaken eines Roboters."
Übertrug Robby seine Gedanken wie Funkwellen.
Oh – Günter würde dieses Verließ finden.

Denn eher wird er keine Ruhe geben, noch jemals
Frieden finden.

Längst stand es eindeutig fest, jene besagte Mamsell,
war mit reichlich krimineller Energie ausgestattet,
Etwas böses haftete an ihr.
Suchbilder ihrer verschiedenen Tarnungsarten,
als Blondine, oder in Braun geschmückt,
wurden an alle Wachen gesendet.
Ebenso auch an alle Medien und nicht zuletzt,
öffentlich im Rathaus und jedem Aushängekasten
und für jeden Passanten sichtbar.

Kap. 17 Von der Erde verschluckt.

Wie lange hocke ich hier schon?

5 oder 6 Tage oder gar noch länger?

Solange ich noch lebe – noch nicht verdurstet bin,

sollte ich nicht aufgeben.

Hilft dir keiner, so helf dir selbst! War das nicht immer

mein Leitspruch?

Wenn auch meine Glieder lahm und kraftlos waren,

mir kaum noch gehorchen wollten,

rappelte ich mich ein letztes Mal auf.

Ich quälte mich mal wieder durch den Spalt

in der Felswand.

Mit viel Geduld und Mühe gelang es mir,

mich Zentimeter um Zentimeter hindurchzuzwängen.

Zunächst empfing mich auch dort

nur Schwärze, nachdem ich mich

an die Dunkelheit gewöhnt hatte,

konnte ich einen grausigen Knochenhaufen

ausmachen.

Oh mein Gott, ich bin ja selber kaum mehr

als ein Skelett.

Anders hätte ich diesen schmalen Spalt nicht passieren

können, war mir klar.

Die Raumgröße jener Grotte konnte ich anfangs

nur erahnen.

Doch merkwürdigerweise vermeinte ich,
anstatt der modrigen, abgestandenen Todesluft, hier
einen frischen Luftzug zu spüren.
Ach, hätte ich doch nur meine Taschenlampe dabei.
Aber ich hatte ja nicht die Absicht in Höhlen
und Kluften herumzustreunen.
So blieb mir nichts anderes,
als wieder und wieder die Felswand
in der ewigen Düsternis, nach einer weiteren Öffnung,
abzutasten.
Wobei ich mir an scharfen Kanten
und vorspringenden Ecken, blutige Finger holte.
Hier aber atmete ich durchdringende Feuchtigkeit,
beinahe so intensiv, als wäre ich unter Wasser.
Ich kämpfte gegen würgenden Hustenreiz.
Immer wieder glitt ich auf dem rutschigen Boden aus.
Doch dieses mal war es, als öffnete sich der Boden
unter mir, ich stürzte und fiel in die Tiefe.
Wohl wieder ein Fiebertraum, ging es mir kurz
durch den Sinn.
Meine Finger fanden keinen Halt an den feuchten
Felswänden.
Ich fiel und fiel ohne Ende.
Hilflos platschte ich in aufsprudelnd, eisiges Wasser.
Gurgelnd und prustend schnappte ich nach Luft.

Ich war in einen Schluchtensee gefallen,
der von einem Bergbach gespeist wurde.
Mein steinernes Gefängnis hatte mich ausgespien.
Bin ich nicht mehr gefangen?
Ist meine neue Lage ebenso aussichtslos wie zuvor?
Denn ich fand mich in einem riesigen Talkessel,
ringsum von hohen Bergen umschlossen.
Ein Blick in den offenen Himmel über mir,
machte mir neuen Mut.
Oh, wie schnell ich mit ein paar kräftigen
Schwimmzügen, den erquickenden,
lebenssprudelnden Bach erreichte und gierig
das belebende Elixier trank.
Ruhen konnte ich ja später.
Mit unter dem Kopf verschränkten Armen,
lag ich nun ausgestreckt.
Dankbar, ein paar Sonnenstrahlen die mich erreichten
genießend, sank ich erschöpft in tiefen Schlaf.
Ich erwachte, vor Kälte bibbernd
und - oh wie wunderschön, den weiten Sternenhimmel
über mir.
Nun – wenigstens bin ich auf unserer Erde,
dachte ich grimmig, denn ich hatte in der Tat,
schon schlimmeres überstanden.
Leider verschluckte das Dunkel der Nacht

die ganze bizarre Umgebung.

Lange Schatten tauchten das feuchte Tal in düstere
Gespenster.

Ich fröstelte noch immer, glaubte schon ewig
zu frieren.

Doch ich wusste ja, es gab nichts außer Wasser
und Berge um mich.

Oh mein Gott, wo war ich hier nur hingeraten.

Alles gäbe ich jetzt für nur einen Sonnenstrahl,
ein wenig Wärme, nur damit meine gefrorenen Glieder
wieder beweglich werden.

Ich musste aufstehen – laufen – springen – meine
Gelenke ölen. So lief ich und brachte mein Blut
in Wallung.

Ich lief bis zur Erschöpfung.

Ich wollte das Felsgebilde, welches wie eine
Riesentreppe anmutete, erreichen.

Außerdem wollte ich den Gespensterriesen,
den versteinerten Rübezahl aus der Nähe betrachten.

Ich kannte das Gebilde, jedoch aus einer anderen
Perspektive.

Alles war augenblicklich anders, als die rote Sonne
über den Bergrand schaute und alle Düsternis
in goldene Märchengebilde verwandelte.

Mir war, als erwache ich in einer neuen - anderen Welt.

Doch es war keine andere Welt...
Im vollen Sonnenlicht erkannte ich die Silhouetten
des Zauberberges, so wie die Konturen
der angrenzenden Berge rechts und links daneben,
nur eben aus einer anderen Perspektive.
Atemlos ergriffen, genoss ich dieses unvergleichbare,
beeindruckende Panorama,
während die Sonne sich Stück um Stück erhob
und mit jeder Sekunde mehr preisgab,
ehe ich mich von dem fantastischen Anblick ergötzt,
lösen und aufrappeln konnte.
Wie oft hatte ich diese Bergkuppen schon in goldener
Sonne glühen sehen, doch nie hat es mich so
aufgewühlt wie heute, denn ich war zu neuem Leben
erwacht.

Meine Güte, die ganzen Tage war ich so nahe
der Zeitenhöhle.
Eigentlich brauche ich mich nur bemerkbar machen,
mit lauten Rufen.
Ich weis, dass es gespenstisch mit mehrfachem Echo,
wie aus Lautsprechern, aus dem Talkessel schallt.
Plötzlich fühlte ich mich leicht und wie befreit.
Eine riesen Last war von mir gefallen.
Jetzt konnte ich diese skurrile Situation
beinahe mit Humor – mit einem albernen Kichern,

als eine weitere kuriose Episode in meinem
abenteuerlichen Leben betrachten.
Kopfschüttelnd formte ich meine Hände als Sprachrohr
um den Mund und holte tief Luft.
Doch was war das dort oben auf dem Berge?
Was um Himmelswillen geschieht dort oben?

Staunend verfolgten meine Augen einen Feuerstrahl,
der sich wie ein zerstörerischer, brennender Schweif
aus dem Nichts des heiteren Himmels näherte.

Es blitzte und blinkte, während sich
ein chromfarbenes Etwas, laut zischend
auf den Berg senkte.

Fortsetzung folgt...

BISHER ERSCHIENENE BÜCHER

© 2024 Charlotte Camp

Verlag: BoD · Books on Demand GmbH,
In de Tarpen 42, 22848 Norderstedt,
bod@bod.de
Druck: Libri Plureos GmbH,
Friedensallee 273, 22763 Hamburg

ISBN: 978-3-7693-1955-2

https://www.meine-buch-ideen.de

Charlotte Camp

DAS
GELIEHENE
LEBEN

Band 22   Thriller

ISBN 9783754302729

Carlotte Camp

DAS

ZEITENTOR

Band 23   **Thriller**

Charlotte Camp

DER STÄHLERNE MENSCH...

„Oh – je, sichtbar der Schädel eines Idioten – eines Hirnlosen Wesens, zudem war das Haupt kahl", flüsterte ich Günter zu.

„Was kann man da nur machen Liebster? Eine Perücke?"

„Ja zunächst, alles weitere können wir später richten lassen. Heuere eine Schönheitschirurgen an, heutzutage geht das alles" bat mich Günter.

„Der Weg durch die Nase ist jetzt frei, Robby, Leider ist Günter mit ihm armlos, wurde die Nase auf Günter Befehl frei.

„Jetzt kommt es auf diesen einen kritischen Moment an. Du Robby, musst in dem Augenblick, kraft deines Willens, in das Innere durch das mittelste in das Innere des Schädels, also des Hirnes gelangen.

„Ja okay, ich bin bereit, so muss mein Geist die Verbindung herstellen – die Impulse an die Nerven weitergeben."

„Beweg die Hand – den Fuß und so weiter!"

Buch 24   Thriller

„Oh, ich fass es nicht, es ist mir gelungen, ich bin in dem leeren Schädel – dem hohlen Hirn angelangt.

Hurra, ich bin wieder in einem menschlichen Kopf, in

175

ISBN 9783759713537

ISBN 9783769319552